Michael Grandy

Rückwärtsvorwärts

13 skurrile Geschichten

In alter Rechtschreibung (Zeitkorridor der Begebenheiten)
April 2000
Alle Rechte liegen beim Autor.
Herstellung: Libri Books on Demand
ISBN 3-89811-841-X

Mein Dank gilt den vielen Freunden für ihre zum Teil ungewollten Gedankenanstöße.

Seitens der *Düsseldorf connection* kamen zudem noch weitere Anregungen und Hinweise bei den diversen fröhlichen Anlässen.

Inhalt

BANKGEHEIMNIS
(Ein Bauer und das liebe Geld)

Buttforde
Ein verträumtes Nest in Ostfriesland
Zum Kreise Wittmund gehörig
Die nächste größere Stadt ist Wilhelmshaven.
In Buttforde wohnen gestandene, immer zufriedene Leute, die durchaus mal über einen Ostfriesenwitz lachen können, und die bei ordentlichen Mengen von Pils und Schluck stark in Fahrt kommen.
Mitten unter ihnen lebt auch der Bauer Jens-Hinner Tjaden. Immer vorneweg, stets gutgelaunt. Zudem gut für ein lustiges, manchmal auch glitschiges Wort.
Der größte Austrinker im Dorf
Seit über zehn Jahren Vorsitzender der folgenden Institutionen:
Raiffeisenverband Buttforde,
Sängerverein Nachtigall e.V. Buttforde,
Freiwillige Feuerwehr Wittmund,
Marinekameradschaft von 1911 Wilhelmshaven
Für ihn gilt das Sprichwort:
Man soll die Feste feiern, wie sie fallen.

Was ist in letzter Zeit mit ihm los?
Er ist nicht mehr der alte Springinsfeld, als den man ihn kennt und schätzt.
Nur die langjährige, treue Lebensgefährtin Hetty weiß um seine Sorgen.
Große Sorgen, die er sich um seinen Sohn Hinner-Jens (22) macht.

Er hätte ihm vor zwei Jahren den *neumodischen Tüddelkram* verbieten sollen.

Es begann mit Skilaufen und Tennis, ein Jahr später Windsurfing.

Er hatte geahnt, daß etwas passieren würde, er hatte es vorausgesehen.

1992 kam dann auch der Hammer.

Hinner-Jens war zum zweiten Mal nach Österreich gefahren. Nach drei Wochen war er zurück, dieses Mal jedoch nicht allein.

"Darf ich euch die Zenzi aus Neusiedl vorstellen? Wir haben uns vor acht Tagen verlobt!"

Zenzi erzählt sodann aus ihrem Leben und Vater Jens-Hinner ist platt.

Das darf doch wohl nicht wahr sein. Sie ist eine Österreicherin! Sekretärin von Beruf, also keinen Schimmer von der Landwirtschaft.

Nun, der Junge ist volljährig, er muß ja schließlich wissen, was er tut.

Eine schlimme Zeit beginnt für Jens-Hinner. Zenzi (Kreszentia Obermayr) kann, macht und weiß alles besser. Die geflügelten Worte auf dem Hof sind bald "Bei uns in Neusiedl...."

Die Hochzeit wird Anfang September 92 gefeiert.

Man arrangiert sich rasch und lebt, zumindest nach außen hin, recht friedlich mit- und nebeneinander im geräumigen Wohnhaus des Hofes.

Unter der Oberfläche brodelt es allerdings ganz gewaltig.

10

Zu diesem Zeitpunkt bekommt Jens-Hinner ein Magengeschwür.

Im Oktober der berühmte Tropfen, der das Faß überlaufen läßt:
"Schwiegerpapa, (Wie er die Formulierung haßte!) gib mir bitte mal Dein Scheckheft. Hinner ist noch auf dem Feld. Ich will kurz in die Stadt, um ein paar Sachen einzukaufen."
Im Geiste sah er sie bereits in ihrem kleinen roten Sportwagen (Ekelhaft, nuttig!) mit vielen Paketen beladen aus der Stadt zurückkommen.
"Ich habe kein Scheckheft und auch keine Schecks!"
"Dann gib mir doch bitte eine Vollmacht um 200,– DM für Dein Konto."
"Ich habe auch kein Konto!"

Am Anfang lächelt sie noch, sogar bei ihrem *Wuistmi veroarschn?*
Als sie erkennt, daß in dieser Familie tatsächlich kein Konto existiert, (Das haben wir 130 Jahre nicht gebraucht, bei uns steckt das Geld nach wie vor im Strumpf.) wird sie recht ordinär. Die Worte *Dinosaurier, Tintenpisser, Korinthenkacker* sind bei ihrer Tirade noch die harmloseren.

Von da an spricht er kein Wort mehr mit Zenzi, alle Vermittlungsversuche von Ehefrau und Sohn scheitern, und bei Zenzi herrscht ebenfalls Funkstille.

Zu diesem Zeitpunkt bekommt der früher doch so kerngesunde Jens-Hinner Tjaden zusätzlich ein Zwölffingerdarmgeschwür.

Zenzi indes festigt ihre Stellung innerhalb dieser Familie ungemein, als sie wenige Wochen später freudestrahlend bekanntgibt, sie sei schwanger.

Weihnachten 1992, wieder einmal ein Fest der Liebe. Der heilige Abend und damit die rührselige Stimmung schieben jene so lange von den beiden gelebte Härte beiseite.
Für Jens-Hinner steht sowieso fest, es wird ein Sohn und der kann nur Jens-Hinner heißen.
Kurz vor Mitternacht ist es dann so weit. Es öffnen sich alle Schleusen.
Viele Küsse und Tränen, Umarmungen, zuletzt die Versöhnung. Nach langer Zeit wieder die ersten Worte zu und von ihr.

Wenig später läßt er sich dann aber auf dem linken Fuß erwischen. Gibt er doch die Zusage, sich gleich im neuen Jahr ein Girokonto einzurichten.

Dazu wollen wir uns den bisherigen Alkoholkonsum und auch die Gedanken der vier betrachten:

ZENZI:
 2 Eierlikör
(Mehr schadet dem Baby!)

HETTY:
 2 Eierlikör, 4 Rotwein, 4 Cognac, 4 Sekt
und noch mal 2 Eierlikör
(Endlich sind wir wieder eine große Familie.)

HINNER-JENS:
30 Bier, 30 Schluck
(Es ist ja schließlich Weihnachten.)

JENS-HINNER:
30 Bier, 30 Schluck, 4 Sekt (gemixt mit 4
Eierlikör, 4 Cognac, 4 Rotwein
(Auf Euer blödes Konto könnt ihr warten, bis ihr
schwarz werdet!)

Es ist Mitte Januar 1993.

Jens-Hinner hat natürlich bisher immer noch nichts
unternommen. In der letzten Dekade wird er
mehrmals von allen dreien gefragt, was denn nun
mit dem Konto sei.

Entnervt wirft er das Handtuch.

Anfang Februar erscheint er in der Filiale Wittmund
der Deutschen Bank AG. Er trägt seinen dunklen
Sonntagsanzug, ein weißes Hemd und seine beste
Streifenkrawatte.
So eröffnet er das Konto.
Alles geht sehr schnell.
Der Kassierer schaut zwar recht eigenartig, als er
aus diversen Taschen viele zerknitterte Geldscheine
hervorkramt und 10.000,– DM einzahlt, aber dann
ist es gut.
Er bekommt 20 Eurocheque-Formulare sowie eine
blitzende, nagelneue Eurocheque-Karte.

Jens-Hinner Tjaden ist erstmals in seinem Leben Kontoinhaber.

Monate später, es ist Markttag in Wittmund.
Jens-Hinner verkauft an seinem Stand Obst, Eier und Gemüse aus eigener Produktion.

Zwei Stunden später verliert er in seiner geliebten Stammkneipe *Kiek mol rin* die ganze Tageskasse von 390,– DM im Klabrias und ist stocksauer.

Da fällt ihm sein Konto ein.
Sein Konto bei der Bank gleich gegenüber
Sofort schreibt er einen Scheck über 400,– DM aus und steht kurz drauf am Schalter.

"Bitte einmal 400 Emmchen von meinem Konto."
Der Kassierer Eike Harms sieht sich den Scheck an und legt ihn mit der Rückseite wieder vor Jens-Hinner hin: "Würden Sie hier bitte auch noch einmal unterschreiben?"
"Nee, ich hab ja hier!" dreht Jens-Hinner den Scheck zurück und zeigt auf seine Unterschrift.
"Ja, schon in Ordnung, aber sie müßten noch mal auf der Rückseite..."
"Tüddelkram, ich habe doch hier unterschrieben", trommelt Jens-Hinner erneut auf den Namenszug vorne und wird dabei lauter, jeweils 15 Pils und Schluck zeigen ihre Wirkung.
"Nun, mein Herr, unsere Vorschriften..."
"Ach, Schnickschnack, Vorschriften, ich habe doch zehn Riesen auf meinem Konto und will heute nur 400 Mark davon.
Habe unterschrieben und damit basta."

"Sehen Sie, mein Herr, ich bedauere sehr. Ich persönlich, aber gleichzeitig muß auf der Rückseite, es ist ja schließlich ..."

Jens-Hinner´s Augen werden schmal: "Aha, jetzt verstehe ich!
Jetzt wird mir auf einmal alles klar!
Ihr seid pleite, die Bank ist am Ende.
Ihr habt meine schönen zehn Riesen verjuxt. Aber nicht mit mir, ich will sofort den Direktor sprechen."

Wortlos, aber auch sichtlich erleichtert, führt Eike ihn zu seinem Direktor und erklärt diesem diskret den Stand der Dinge.

"Bitte, Herr Tjaden," mit einer Handbewegung zum Sessel.

Dr. Uwe Hohensee-Tiefenbach (besser UHT), vom Jahrgang 1944, Abitur in Seesen, das Studium in Göttingen.
Volljurist, er volontierte bei der Dresdner Bank in Bremen, ist seit drei Jahren Direktor in Wittmund.
Beste Presse in der Hauptverwaltung
Erfolgstyp durch Yoga und Autogenes Training
Ein Mann ohne Nerven und Streß, stets verbindlich, immer konsensusbereit

Eineinhalb Jahre war er darüber hinaus auch tätig als Leiter der Finanzabteilung in der Werbeagentur Bergedorf, Bergedorf und Bergedorf aus Hamburg-Bergedorf.

Daß selbst dieser zu Höherem berufene Typ nach 45minütigem erfolglosen Vortrag bei ständigem Anhörenmüssen von "Aber ich habe doch vorne schon unterschrieben!" verzweifelt ist, verstehen wir gut.

Daß er allerdings weitere zwanzig Minuten später, mittlerweile marschiert er ruhelos im Raum hin und her, plötzlich Jens-Hinner zwei saftige Ohrfeigen rechts/links verpaßt und ihn dabei anschreit: "Nun unterschreibe doch endlich, Du blöder Dorftrottel", berührt uns nun doch eigenartig.
Wir sind in hohem Maße verwundert.

Er kommt zur Besinnung und wird blutrot.
Das ist ihm natürlich sehr peinlich.
Geradezu stinkpeinlich ist ihm das.

Jens-Hinner ist durch die überraschende Attacke leicht vom Stuhl gerutscht, rappelt sich benommen wieder auf.

Gerade will sich UHT in aller Form entschuldigen, da greift Jens-Hinner mit einem ängstlichen Seitenblick auf ihn zum vor ihm auf dem Schreibtisch liegenden Füllfederhalter. Bedächtig und in Schönschrift setzt er auf der Rückseite unter die Nummer der Scheckkarte: *Jens-Hinner-Tjaden.*

UHT, der ihm atemlos und fasziniert zugesehen hat, schließt kurz die Augen: "Na sehen Sie, mein lieber Herr Tjaden, alles in Ordnung.
Geld vorne an der Kasse, eine Zigarre gefällig für den Heimweg?"

Steckt ihm gleich zwei in die Brusttasche und sieht ihm nach, wie er langsam den Raum verläßt.

Dann greift er sich aus dem Schreibtisch die ¾ volle Flasche Nerventonikum und trinkt sie in einem Zug aus.
Er schluchzt.
Das ist der erste Nervenzusammenbruch, den er erleben muß.

"Bitte 400 Emmchen von meinem Konto"
Eike Harms dreht den Scheck um, lächelt:
"Sie haben hinten unterschrieben?"

" ´türlich!"

"Sie wollten aber doch am Anfang auf keinen Fall..."
legt Eike ihm drei Hunderter und zwei Fünfziger hin.
"Nu hab ich eben, siehste doch!"
"Unter uns, Herr Tjaden" beugt sich der Kassierer vertraulich vor, "den Aufwand und die verlorene Zeit hätten Sie doch sparen können. Sie hätten das Geld sofort hier und von mir bekommen. Sie wären doch schon längst wieder bei Ihren Lieben in Buttforde. Sagen Sie mir bitte eines, warum haben Sie denn nicht hier bei mir unterschrieben?"

"Du hast mir das doch gar nicht richtig erklärt."

BERUFSWECHSEL

(Seemann kommt groß raus im Showgeschäft)

"Komms´n her, Mann?"

Zum dritten Male hatte der Volltrunkene ihm gegenüber bereits die Frage gestellt.

Sofort, als er in den *Nüchternen Seemann* kam, hatte Heinrich Piontkowsky den einzig freien Platz erspäht.
Sofort hatte er auch gesehen, daß der Mann an diesem Tisch hackedicht war.
Doch das war ihm egal, er wollte nur einen nehmen.
Die Kneipe war ohnehin gerammelt voll, mit einem Riesengetöse, die Luft war zum Schneiden dick.
Ein einziges wildes Durcheinander
Hein signalisierte dem Wirt an der Theke ein Bier, das ihm schnell von der Bedienung, einer hübschen Frau so um die Mitte Zwanzig, hingestellt wurde.

Sie wirkte mürrisch, so daß Hein fragte:
"Wo ist denn Dein Lachen geblieben, hast Du das ins Pfandhaus getragen?"

Sie blickte ihn kurz an, und was sie sah, gefiel ihr ausgesprochen gut.
Der blauäugige, blonde Seemann, der sie treuherzig ansah, war sich seiner Wirkung auf Frauen wohl bewußt.
Wider Willen mußte sie lächeln. "Nein, ich bin nur ziemlich kaputt, seit zehn Stunden hier im Trubel."

Nach diesen Worten ging sie zurück zur Theke.

Hein bewunderte ihre Figur. "Ganz toll", murmelte er und griff zum Glas, um nach langer Zeit endlich mal wieder ein Bier, gezapft vom Faß, zu genießen. So lange war er jetzt auf See gewesen und hatte dort immer nur Dosenbier bekommen.

Das Glas war leer !

"Komms´n her, Mann", rülpste ihn sein Gegenüber erneut an. Hein sah das zufriedene Grinsen und den Bierschaum in dem Oberlippenbart des Mannes, Schaum von seinem Bier.

Auf dem Frachter *Kreuz des Südens*, auf dem Hein seit Jahren fuhr, war er bei den Kameraden und seinen Vorgesetzten gleichermaßen bekannt als sehr langmütig, geduldig, und als "der Goldige aus dem Kohlenpott mit ohne Nerven." Auch jetzt winkte Hein der Bedienung nur müde nach diesmal gleich zwei Gläsern Bier.
Als sie die beiden Biere, jetzt mit einem Lächeln für Hein, vor ihnen auf den Tisch stellte, schaute der Betrunkene ihn ganz aufmerksam an.

"Komms´n her, Mann? Zarette für mich?"

Hein reichte ihm eine seiner Packungen zollfreier Zigaretten. Mit einer unkontrollierten und zu jähen Bewegung, die man bei vielen Betrunkenen kennt, fegte er den Ascher und die beiden Biergläser vom Tisch.

Eine Zigarette hatte er allerdings vorher blitzschnell aus der Packung gezogen.

"Tschullijung", murmelte er, während Hein ihm –ein wenig genervt- Feuer gab.

Er fragte sich, ob er denn irgendwann heute noch mal einige Biere würde trinken können und orderte bei der Bedienung erneut zwei Glas.

"Für ihn nicht mehr, da kommt sowieso jetzt gleich die Taxe", sagte sie.

"Na gut, dann eben nur eins für mich."
Er hielt sie leicht am Arm fest: "Wie heißt Du, meine Schöne?"
"Carola, mein Schöner", lachte sie.

In diesem Augenblick trat der Taxifahrer an den Tisch: "Nun komm, Olly, Du stracke Eule! Er half ihm auf die Beine, wollte mit ihm zur Türe.

"Bobennt! Sswee Sekunden noch!"
Er fingerte aus seiner Jackentasche eine Visitenkarte und knallte sie vor Hein auf den Tisch.
"Danke für det Bier, Kumpel, kann's ma jedersseit gerne besuchen!"

Der Taxifahrer hatte viel Mühe mit ihm.

Hein las

OLIVER ONDROLSKY · OYE
Konzertproduktionen Promotion Tourneen
Berchtesgaden <> Berlin <> Bremerhaven

Er steckte sie ein und trank. Endlich konnte er ungestört trinken.

Nach einigen Bieren und Schnäpsen merkte er, daß er zu seiner gewohnt guten Form auflief. Er fragte Carola, wann sie Feierabend habe, was sie anschließend mache, ob man nicht noch gemeinsam etwas unternehmen wolle?
Er sei ja nun schon so viele Monate auf See gewesen, daß er sich so richtig auf eine Sause freue.

Carola erzählte ihm, sie sei glücklich verheiratet, sie gehe nach Dienstschluß und Abrechnung direkt nach Hause. Sie sei hier als Bedienung mehr aus Hobby statt des Geldes wegen und froh, wenn sie nach solch turbulenten Tagen zur Ruhe komme.

Hein bedauerte das. Er zahlte seine Zeche, wollte auch für Olly bezahlen. "Ist nicht nötig, er zahlt nie, wenn er betrunken ist, er hat ein Monatskonto bei uns."
"Na gut denn, geht wirklich gar nichts mit uns, meine Süße?"
"Schlaf Dich erst mal ordentlich aus und komm gern mal wieder", verabschiedete sie ihn freundlich, aber bestimmt.

Als er am Mittag des nächsten Tages aufwachte, brauchte er einige Zeit, um wieder klar zu werden. Dann wußte er, er war richtig gelandet bei Mutter Bütefisch. Er griff in seine Jacke.
15.— DM in Silbergeld und Groschen. Aus seinem rechten Strumpf holte er dann insgesamt sechs Hunderter hervor.

Na ja, das ging gerade noch. 950,- DM hatte er gehabt, 35,- DM in der Kneipe bezahlt.
Wie hieß noch die hübsche Bedienung, Carmen, Carla, Carola? Den Rest in dieser schummrigen Bar. Die vielen Cognac und Rum durcheinander hatten ihm den Rest gegeben, dann der Sekt, den die Taube so gerne trinken wollte, für nichts und wieder nichts.
Aus, Ende, Feierabend

Nach der Dusche ging er ins Erdgeschoß runter. Thea Bütefisch vermietete seit über dreißig Jahren an Seeleute, hatte vor allem viel Stammkundschaft.
"Hein, daß Sie überhaupt hergefunden haben, Sie waren ja total blau!"
"Ein gutes Pferd findet immer seinen Stall", grinste Hein gequält.

Später am Zeitungskiosk hatte er auf einmal die Visitenkarte in der Hand. Da fiel ihm auf, er war nur vier Häuser von der angegebenen Adresse entfernt. Kurz entschlossen ging er rauf, wurde auch direkt vorgelassen, als er der Sekretärin sagte, er kenne Olly privat.

Dann war er erst einmal platt.
Das durfte doch nicht wahr sein!
Wie hatte der sich verändert!

Seriös, distinguiert, 100% Top Manager
Er wußte übrigens alles noch genau.
"Ich kann bis zum Umfallen saufen, habe jedoch niemals Filmriß".

Er entschuldigte sich für die umgestoßenen Biere, schenkte zwei Calvados ein.

Er erzählte Hein, daß er jeden Tag von 14.00 Uhr bis etwa Mitternacht aufs Sträßchen gehe. Folgetag immer pünktlich um 7.00 Uhr, wie natürlich heute auch, wieder am Ball. Der Markt sei grausam hart und verlange den vollen Einsatz.

Von nun an trafen sich die beiden fast regelmäßig, entweder im Büro oder im *Nüchternen,* und dort war Olly immer nach drei Stunden sturzbetrunken.

Spätestens, wenn Carola trotz "Sswee Bier, aber dalli, sonst ühm wa det" nur noch eines vor Hein hinstellte, wußte er, der Taxifahrer kam.

Hein war mittlerweile arg verknallt in Carola. Er baggerte, schraubte, machte und tat, alles jedoch vergeblich. Die Beziehung war zwar ausgesprochen herzlich, jedoch über Stirn- oder Wangenküsse hinaus lief gar nichts.

Eines Tages im Büro war Olly ziemlich down.

Seine Zugnummer sei gestorben.

Der Däne Jens-Ole Sörensen, seit Jahren bei ihm unter Vertrag sowohl als Klavierspieler, Sänger und Entertainer. Unfall auf der A1, als er am letzten Wochenende zu seiner Familie wollte.

Sei sofort tot gewesen, trotz des Gurtes, ganz schlimme Sache.

So schnell könne es manchmal gehen.

Wie rasant zuweilen der Tod zugreife, da müsse man viel öfter drüber nachdenken.

Eine Minute etwa schwiegen beide.

Dann:
"Spielst Du Klavier, Hein? Oder irgendein anderes Instrument? Kannst Du singen? "

Hein bedauerte. Er habe als Schüler in Musik immer eine Sechs gehabt. Als Kind habe er allerdings auf Drängen der Eltern ein paar Akkordeonstunden nehmen müssen, aber, ach Du lieber Gott, er wisse heute ja gar nicht mehr, wie das Ding zu halten sei.

Olly reagierte entzückt: "Ist ja phantastisch, Alter! Dich bringe ich ganz groß raus!
Du bist mein guter Kumpel, und Dich baue ich auf, Du wirst mein neuer Star!"

"Aber meine Stimme ?"
Olly schaute ihn mitleidig an.
Ob ihm denn nicht klar wäre, daß kein Sänger heute noch eine Stimme brauche? Das mache sowieso alles die Technik! Gott, so etwas wisse man doch, ob er denn hinter dem Mond lebe?

"Nein, nur neun Monate pro Jahr auf hoher See!"

Olly hakte nach: "Ich beschwöre Dich, Hein, laß mich das mal machen. Versuche es zumindest. Wenn es Dir wirklich gar keinen Spaß macht, gehst Du halt wieder raus aus dem Job. Du hast alle Optionen."
Seit er mit seiner neuen Public Relations Firma zu-sammenarbeite, könne er sogar recht früh schon ein enormes fixes Einkommen garantieren. Das seien bereits am Anfang 5.000,– DM monatlich

sowie später Tourneezuschläge plus Umsatzbeteiligungen, und, und, und, da käme aber ganz schnell allerhand zusammen.
Das sei ja nun beileibe kein Pappenstiel, das möge er sich mal zu Gemüte führen.

"Ich will das mal in aller Ruhe überschlafen, Olly."

Drei Tage später sagt Heinrich Piontkowsky der Christlichen Seefahrt ade und unterschreibt den Vertrag, den Olly antizipierend vorbereitet hat.

Blitzkarriere von einem halben Jahr, ganz enormer Imageaufbau durch die namhafte Werbeagentur Bergedorf, Bergedorf und Bergedorf aus Hamburg-Bergedorf.

Aus der Regenbogenpresse erfahren wir, daß der shooting star "Singender Seemann" vor Jahren in jedem Hafen eine Braut hatte und heute nur noch für die liebe Omi in Castrop-Rauxel lebt.

Das ist natürlich Gold für die weiblichen Fans von Neun bis Neunundneunzig. Ein Auftritt jagt jetzt den anderen, Riesenerfolge, Deutschlandtournee, die TV-Auftritte in allen Programmen. Seine erste CD *Hein spielt abends so schön auf dem Schifferklavier* bricht alle Rekorde.

Früher kannte jeder Heintje, später Heino, nun spricht alles nur noch von Hein.

Nach Abschluß der Deutschlandtournee lädt Olly ihn erstmals zu sich nach Hause ein.

"Komm doch bitte gegen 20.00 Uhr, Abendessen im kleinen Kreis, nur etwa 8 bis 10 Personen, wir wollen Deinen Erfolg feiern.

Um 19.55 steht Hein im Wohnzimmer des Hauses von Olly und befreit die gelben Rosen vom Papier. Olly wendet sich zu seiner Frau, die vor dem Kamin kniet und Holz nachlegt: "Liebling, darf ich Dir nun meinen Senkrechtstarter vorstellen?"

Die Frau erhebt sich und kommt auf ihn zu.
Das Abendkleid betont ihre tadellose Figur.
Sie legt ihre Hände auf seine Schultern:

"Guten Abend, Hein!
Ich freue mich sehr, daß Du nun endlich auch mal zu uns nach Hause gefunden hast.

Oder soll ich lieber "Mein Schöner" zu Dir sagen?"

Bei diesen Worten lächelt sie reizend.

Olly grinst ganz unverschämt.

Hein blickt die beiden wortlos an.

Die Rosen und das Papier fallen diesem doch so nervenstarken Seemann aus den Händen.

BRUDERLIEBE
(Die Qualität früherer Textilwaren)

Daß eine Frau 13 Kinder zur Welt bringt, die alle bis ins hohe Alter gesund und munter bleiben, ist heute kaum nachvollziehbar.
Im Rußland der frühen Jahre allerdings ist die Familie Protopopow-Buljanow gar nicht mal als besonders kinderreich angesehen. Auch die Tatsache, daß der auf den Namen Igor getaufte Nachzügler zur Welt kommt, als der erstgeborene Alexej schon vierzig Jahre alt ist, gilt zu dieser Zeit nicht als so ungewöhnlich.

Alexej hat zunächst gar keine Einstellung zu dem kleinen Igor. Doch nach und nach ändert sich das, die beiden werden unzertrennlich.
Igor sieht in Alexej wohl eher den Vater als den Bruder, zumal der leibliche Vater Boris als 71jähriger mit diesem unverhofften Nachwuchs "Wie konnte das passieren, Mutter?" sowieso nichts anzufangen wußte.

Unbeschwerte Jahre vergehen.

11 Geschwister haben bereits geheiratet, bzw. die Mädels wurden, dem damaligen Zeitgeist folgend, verheiratet. Mutter Tanja stirbt, als Igor zehn Jahre alt ist, an einer verschleppten Lungenentzündung.

Im Hause leben jetzt nur noch der Vater und seine beiden Söhne, der älteste und der jüngste.

Alexej und Igor betreiben im Dorf gemeinsam die Hufschmiede, die sich schon seit Generationen im Besitz der Familie befindet. Dadurch festigt sich die Beziehung der beiden Brüder noch mehr.

Am 15.03.1884 ist das Haus in außerordentlichem Zustand.
Alles ist festlich geschmückt, überall Jubel, Trubel, Heiterkeit.
Alle Verwandten sind da, endlich einmal wieder ist die ganze große Familie vereint. Man feiert heute nämlich den riesigen Erfolg von Igor.

Nur drei Freiplätze waren zu vergeben gewesen in der Kadettenschule *Leibregiment Alexander III.* bei insgesamt 130 Bewerbern, und Igor ist einer der drei Glücklichen, die zum 01.04. in St. Petersburg antreten werden.

Bei der Entscheidung kam sicher dazu, daß er als noch soeben 14jähriger mit 1.85 Meter Größe und 81 Kg Gewicht bereits ein ganzer Kerl ist. Sogar als 11jähriger hatte er schon diese Statur.
Zum 12. Geburtstag brachte ihm Alexej damals einen modischen Glencheckanzug vom Jahrmarkt in Nischni-Nowgorod mit.

Um 23.30 Uhr lautes Klopfen an der Haustür:
"Aufmachen, Polizei!"

Jeder denkt an einen Gag, einen speziellen Witz für diesen Abend, der den Erfolg des *Kleinen* krönen soll.
Alexej geht zur Tür und öffnet.

Draußen stehen allerdings wirklich Lewka Antonow und Ilja Borgeff, die beiden Geheimpolizisten, die jeder kennt und fürchtet. Schlagartig verstummt das trunkene und wilde Lärmen.

"Alexej Protopopow-Buljanow, ich verhafte Dich im Namen des Zaren", liest Antonow aus einem Papier vor, welches er umständlich entfaltet hat.

Alexej ist nicht überrascht.

Seit elf Jahren leitet er eine Terroristengruppe, die auch für den Mord an Zar Alexander II. vor fast zehn Jahren verantwortlich ist.
Er weiß, es bleibt ihm jetzt nicht mehr viel Zeit.

Schnell hat er unter Aufsicht das nötigste gepackt. Er drückt seinem Vater, der das alles doch gar nicht richtig mitbekommt und wiederholt fragt, warum man den beiden netten spät gekommenen Jungs keinen Wodka anbiete, die Hand.
Dann verabschiedet er sich vom fassungslosen kleinen Bruder Igor.

Sie umarmen sich und beider Tränen tropfen auf Igor´s Anzug.

Die Staatsdiener verschwinden mit Alexej in der Dunkelheit.

Alle stehen wie gelähmt, die Stimmung ist natürlich im Teich.
Eine Frau schluchzt laut auf.

Alexej wird kurz darauf zu lebenslänglicher Zwangs-
arbeit verurteilt.

In der unendlichen Weite Sibiriens verliert sich die
Spur.
Die Jahre gehen dahin, viele Gesichter kommen und
gehen.
Im Ersten Weltkrieg werden die Jüngeren schnell in
eine Bewährungseinheit eingegliedert. Alexej strickt
ungefähr 20.000 Wollhandschuhe und -socken für
die Männer draußen an der Front. Von der Okto-
berrevolution erfährt man in diesem Lager gar
nichts, weil es am Arsch der Welt liegt.
Hier der schleichende Tod und draußen das Leben
Das Bild des Zaren hängt weiterhin an der Wand
im Büro des Kommandanten.

Am 22.06.1941, dem 113. Geburtstag von Alexej,
fällt die Deutsche Wehrmacht auf breiter Front in
die Sowjetunion ein, erringt zunächst einen militäri-
schen Erfolg nach dem anderen. Die Folge sind
neue Zwangsrekrutierungen. Die Älteren, mit ihnen
natürlich auch Alexej, kommen jetzt in ein anderes
Lager, dem auch eine Fabrik für die Herstellung von
Patronen und Gewehrgranaten angegliedert ist. Die
Verpflegung ist wesentlich besser, jedoch müssen
alle extrem harte Arbeit mit bis zu zwölf Stunden
täglich in ungeheizten, zugigen Hallen leisten.

Im Juli 1945 endlich wird Alexej mit vielen anderen
begnadigt.

Anläßlich seines 125. Geburtstages erhält er zur
kargen Rente einen Seniorenzuschlag.

Er bezieht eine *Wohnschlafküche* von 12 m² am Südrand von Kiew.

Jeden Sommer zieht es ihn in den nahen Park, im Winter sitzt er bis zum Einbruch der Dunkelheit im Schaukelstuhl am Fenster. Ansonsten hört er sehr viel Radio.

Zu seinem 130. Geburtstag schenkt ihm die Stadtverwaltung ein Fernsehgerät.

Vor dem fürchtet er sich anfangs ein wenig, später jedoch läuft es Tag und Nacht.

Im März 1980 ist Leonid Breschnew im Kurzurlaub auf der Krim. Dort fragt er seinen Innenminister Schtschelekow: "Wie ist denn die Stimmung bei den Genossen draußen im Lande?"

"Ganz gut, Genosse Vorsitzender, es fragen jedoch in letzter Zeit immer mehr Bürger in den Ämtern um Reisevisa für die nichtsozialistischen Länder nach, die Tendenz ist leider steigend !"

Breschnew überlegt laut: "Wir müssen ein Zeichen setzen, einen volkstümlichen Anlaß, ein Ereignis, das den Stolz unserer Bürger auf ihren Staat wieder anschwellen läßt. Wir sind das größte Land der Erde, haben die größte Flotte, die schnellsten Jets, das dichteste Luftverkehrsnetz, waren zuerst im Weltraum, dann haben wir doch ganz sicher auch den ältesten Menschen der Welt, oder?"

"Sicher", stimmt Schtschelekow schnell zu.

Ganz wohl ist ihm nicht dabei.

War da nicht in Bulgarien...?
Hatte da nicht in Rumänien...?
Der verhutzelte Chinese, angeblich 172 Jahre alt...
Oder dieser albanische Knoblauchgreis, der weder seinen Geburtstag noch Namen kannte?

"Ich verlange, daß in vier Wochen die lückenlose Erfassung aller über 100jährigen Menschen in der Sowjetunion erfolgt ist."

"Jawohl, Genosse Vorsitzender, geht in Ordnung."

Die namhafte Werbeagentur Bergedorf, Bergedorf und Bergedorf aus Hamburg-Bergedorf (In diesem Falle heißt es: "Klassenfeind hin, Klassenfeind her") übernimmt zügig die Organisation des Spektakels.

Mit Hilfe der ausgesprochenen Fachleute gelingt es dann tatsächlich der lahmen Sowjetbürokratie, zum allerletzten Termin, dem 15.06.1980, die gesamte Aufstellung vorzulegen.

Wohlgemerkt eine bereinigte Aufstellung, denn als in der Bevölkerung durchsickerte, es gäbe für die Ältesten ein riesiges Fest im Kreml, wollten daran natürlich sehr viele teilnehmen.

- 113 Leute waren längst begraben und diverse Verwandte schlüpften schnell in deren Identität.

- Ein usbekischer 130jähriger Schäfer, der dann doch "nur" 99 war.

- Ein Blinder, der angeblich im Jahr 1850 ins Straflager kam, weil er als junger Mann seine kleine Schwester vergewaltigt hatte, entpuppte sich später als hoffungsloser Alkoholiker des Jahrgangs 1913.

- Sowie natürlich weitere, die wesentlich jünger waren, als sie aussahen.
  Mit der Beteuerung, niemals Personalpapiere besessen zu haben, kamen sie jedoch bei den Behörden nicht durch.

Am 15. Juli 1980 ist der große Tag da.

Festbankett im Kreml, ausschließlich für alle über 100jährigen der Sowjetunion

Das gesamte ZK und alle Minister sowie natürlich vorsichtshalber Ärzte diverser Fachrichtungen und selbstverständlich eine Menge Funktionäre sind dabei.

Breschnew beglückwünscht zu Beginn seiner Rede den Genossen Leonid Stroblonski, der gerade heute 103 Jahre alt wird.
Spärlicher Beifall, eher mitleidiges Lächeln von den wirklichen Senioren für diesen *jungen Hüpfer*.

Danach bittet Leonid Breschnew unter nicht enden wollendem Beifall und anhaltenden Hochrufen den Senior, den sicher ältesten Menschen der Welt, den 152jährigen Alexej Protopopow-Buljanow zu sich nach vorne auf die Bühne.

Breschnew umarmt und küßt ihn.

Dann überreicht er ihm einen 1.000-Rubel Scheck.

Gerade will er ihn bitten, aus seinem gewiß abwechslungsreichen, erfüllten und langen Leben zu erzählen, da reißt dieser sich los, stürmt durch den ganzen Saal und schließt einen anderen Alten heftig in die Arme.

Kurzer Wortwechsel der beiden, viele Küsse, noch mehr Lachen und darüber hinaus Freudentränen

Breschnew, neben dem Alexej später bei dem gemeinsamen Festbankett sitzt, fragt ihn: "Was war denn vorhin los, Genosse, hast Du einen Freund von Dir getroffen?"

Alexej ist immer noch ganz aufgewühlt und kann kaum richtig sprechen:

"Mein kleiner Bruder Igor

Vierzig Jahre jünger als ich

Seit 89 Jahren habe ich ihn nicht mehr gesehen!"

Breschnew: "Unglaublich! Das ist einfach unmöglich, NEUNUNDACHTZIG Jahre, welch ein Zeitraum!"

Er schaut Alexej zweifelnd an: "Bist Du Dir denn auch ganz sicher? Wie kann man einen Menschen überhaupt nach so langer Zeit wiedererkennen?"

"Genosse Vorsitzender, das war in diesem Falle ganz leicht,

an seinem Anzug."

FEHLVERSUCH
(Hoffnungsvoller Polizist in Nebentätigkeit)

Heute ist nicht sein Tag.

Montags ist selten sein Tag, aber heute auf gar keinen Fall. "Da läuft ja alles in den Teich" murmelt der Polizeihauptmeister (Soko Ziviler Einsatz) Benno Kruis vor sich hin, als er sich auf die Parkbank am Kinderspielplatz setzt.

Zuerst die alte Dame, deren Wellensittich entflogen war. Er hatte sie noch galant zur Tür geleitet, als sie hinfiel und ihm hinterher die Schuld an ihren zerrissenen Strümpfen gab: "Sie hätten mich festhalten müssen. Die Strümpfe waren nicht billig.
Ich habe nur eine kleine Rente und bin enttäuscht von der Polizei."

Dann wieder einmal Opa Jellinghaus mit sicherlich seiner zwanzigsten Beschwerde in diesem Monat. Benno verwies ihn heute an die Oberfinanzdirektion. Viele Beschwerden betrafen sowieso gar nicht die Polizei, und nur einmal eine einzige sein Revier.

Anschließend das *Attentat*. Plötzlich geht die Tür auf, ein schmutziger Kinderarm wird kurz sichtbar und drei glitzernde Dinger fliegen in die Wachstube. Ekelhafte Stinkbomben. Wie die Verkäuferin in der Drogerie ihn ansah, als er sechs Dosen Raumspray verlangte, jeweils zwei mit dem Duft Fichtennadel, Kölnisch und Lavendel.

Nach der Frühstückspause zum Chef

Ein Riesenanschiß

Was für ein Donnerwetter

Sicher, er war in dieser leidigen Sache nicht recht weitergekommen, aber muß der Alte denn so schreien, daß das ganze Präsidium wackelt? Als Benno herauskommt, staubt der langjährige Bote und Postverteiler Albert Krähling, der natürlich mit dem Ohr wieder mal in der Tür hängt, demonstrativ den Gummibaum ab:

"Darf ich Feuer geben, Herr Polizeihauptmeister?" Benno würde ihm am liebsten mit voller Wucht in den Arsch treten, begnügt sich vernünftigerweise dann aber mit den Worten:

"Du solltest Dich besser um Deine Angelegenheiten und die Pflanzen kümmern, Du alter Leisetreter!"

Nein, heute ist wahrhaftig nicht sein Tag.

Aber nun hat er Streife und bald Feierabend.

Streife geht er gerne, gerade an Tagen wie heute. Er findet auch zumeist jemanden, den er richtig zusammenstauchen, und bei dem er dann all seinen Frust abladen kann.

Er sitzt auf der Parkbank und blinzelt in die Sonne. Ein wenig versöhnt mit der Welt

An der Ecke hält ein offener Sportwagen. Eine sehr attraktive junge Frau liest in einer Zeitschrift.

"Eine Nummer zu groß für so einen kleinen Staatsdiener wie dich", denkt Benno und läßt die Blicke weiter umherschweifen.

Da sieht er das Schild knapp zwei Meter neben dem Wagen und kann es kaum glauben.
Er guckt genauer hin.
Ganz ohneZweifel ist es das Zeichen 283.
Ein Film zieht durch sein Gehirn:
StVO § 41, Abschnitt 8 – Halteverbote, das Zeichen 283 verbietet jedes Halten auf der Fahrbahn.

"Ruhe, Benno
Ganz ruhig", ermahnt er sich. "Du hast Zeit!
Laß ihr Zeit, Benno, laß ihr und dir Zeit."

Nach drei Minuten steht er auf, geht langsam schräg über den Platz auf die Straße und den dort stehenden Wagen zu. Die Fahrerin sieht ihn nicht, er kommt von hinten rechts.

Er tritt an das KFZ, stellt sich vor und zeigt ihr den Dienstausweis: "Guten Tag, meine Dame. Herrliches Wetter heute, nicht wahr. Kein Sturm, der Ihnen das da auf den Wagen werfen könnte, aber auch wieder nicht zuviel Sonne, die Sie blendet und Ihnen die Sicht genommen hätte", weist Benno nun auf das Verkehrsschild. Gleichzeitig hat er Mühe, den Blick vom großzügigen Ausschnitt des eleganten Sommerkleides zu lösen.
"Ach Du lieber Gott, ich stehe ja hier im absoluten Halteverbot. Das habe ich gar nicht gesehen, Herr Kommissar!"
"Bitte einmal den Fahrzeugschein und Ihre Fahrerlaubnis", fordert Benno, dem der *Kommissar* gleich wie Öl runtergeht.

Er studiert die Papiere.

Die Zulassung auf Herrn Hans-Herwig Liebesam und die Fahrerlaubnis auf –offensichtlich ist es die Ehefrau- Annerose Liebesam.

"Sind Sie mit einer gebührenpflichtigen Verwarnung von DM 40,– einverstanden?" fragt er sie und zückt den Quittungsblock.

"Muß das denn sein, Herr Kommissar? Ich meine, können wir das vielleicht anders....? dreht sie sich anmutig zu Benno hin, der Kleidsaum rutscht dabei merklich hoch.
"Ich wohne gleich hier in der Nähe!"
Mit voller Wucht schießt Benno das Blut in seine Lenden. Er realisiert, daß er jetzt unwahrscheinlich scharf ist. Der Beamte in ihm zögert noch, doch schon hat seine Phantasie die Kommandogewalt. Kurzer Kontrollblick in die Runde
Kein Kollege in der Nähe und Opa Jellinghaus wird ja wohl auch nicht ausgerechnet jetzt hier in der Gegend herumschwirren.
Nur lärmende und tobende Kinder sind zu sehen.

"Also eine Probefahrt", sagt er so dienstlich wie möglich, lächelt sie an und steigt in den Wagen. Als er neben ihr sitzt, bedeutet er ihr aber sofort durch einen zarten Druck auf den rechten Oberschenkel ("Teufel auch, ist der stramm!") seine Einwilligung zu dem Handel.

Minuten später steht er in der großen Halle des modernen Einfamilienhauses in bester Wohnlage und will sie in die Arme reißen.

"Augenblick, Schatz. Ich mache mich eben noch ein wenig frisch!
Wir haben nachher sehr viel Zeit, wenn Du willst.
Denn mein Mann hat heute seinen wöchentlichen Skatabend", turtelt sie und verschwindet schnell in Richtung Bad.

"Ob ich will? Ob ich will? Das darf doch alles nicht wahr sein.
Die hat vielleicht Nerven. Mensch, Benno, heute ist **doch** Dein Tag", grient er in sich hinein.

Zehn Minuten später ist sie wieder da.
Benno fallen bald die Augen aus dem Kopf.
Ein Traum
Ein Hauch von Negligé

Benno ist hingerissen. Das ist ja nun vom Feinsten.
Das ist ja Gold. Er brennt schon lichterloh. Er will sie haben.
Sofort, am liebsten direkt auf dem weichen Teppich
Er geht auf sie zu und zieht sie langsam an sich, sein Name ist Benno Casanova Kruis und sein Blick in ihre Augen heißt ebenso.

Sie entwindet sich sachte: "Wie wäre es denn mit einem Cognac?" und blickt dabei ganz verstohlen auf ihre Uhr.
Benno nickt.
("Der wird ja nun auch nicht ewig dauern!")

Zuprosten, Antrinken, verliebt in die Augen blicken
Sie heiße Annerose.

Das wisse er bereits vom Führerschein. Er heiße Benno. Sie möge aber doch bitte Ben zu ihm sagen wie alle seine guten Freunde. Dabei reckt er die Brust vor und zieht den Bauch ein wenig ein.
Erneutes Zuprosten, Austrinken und schon wieder gegenseitige Blicke tief in die Augen

Benno überbrückt die kurze Distanz von etwa vier Metern, die zwischen ihnen liegt, mit zwei schnellen Schritten.
Er nimmt ihren Kopf zwischen beide Hände und will nun endlich loslegen.

In diesem Augenblick hört er deutlich, daß sich im Eingangsbereich ein Schlüssel im Türschloß dreht.

Sie hört es ebenfalls.
"Um Gottes Willen, mein Mann!
Manchmal kommt er vor dem Skat noch kurz nach Hause. Komm schnell in die Küche. Bügel doch bitte die Wäsche, die hier liegt. Wenn er in die Küche kommen sollte, was jedoch ganz unwahrscheinlich ist, bist Du ein Vertreter des Bügeleisenherstellers, und erzählst ihm etwas über Haushaltsgeräte, ok.?"

Benno bügelt, er ist ein wenig verdattert.
Es ist 18.00 Uhr. Nach etwa einer halben Stunde schaut sie herein. "Es wird noch ca. ein Stündchen dauern, die fangen heute später an.
Bis bald," wirft sie ihm eine Kußhand zu.

Benno bügelt. Er ist leicht ärgerlich.
Es ist 18.45 Uhr.

Erneuter Auftritt von Annerose: "Maximal noch eine halbe Stunde, mein Schatz"

Benno bügelt. Mittlerweile recht frustriert
Es ist 19.30 Uhr. Wieder kommt sie.
"Er hat gerade telefoniert, sein Freund will ihn gleich abholen. Du, ich freue mich wahnsinnig, auf uns, mein Süßer."

Benno bügelt. Phantasie und Vorfreude versöhnen ihn ein wenig, und er lächelt leicht. Dann runzelt er allerdings kurz die Stirn, als er auf dem vor ihm in der Ecke stehenden kleinen TV-Gerät einem Spot der namhaften Werbeagentur Bergedorf,Bergedorf und Bergedorf aus Hamburg-Bergedorf entnehmen muß, daß alle Hausfrauen mit *Superplätti-neu* das Bügeln nicht mehr als lästige Hausfrauenpflicht, sondern als beliebten Freizeitspaß empfinden.
"Das ist wohl die Wäsche der letzten acht Wochen, das wird ja gar nicht weniger," denkt er.

Kurz nach 21.00 Uhr ist sie wieder da.
"Was für ein Pech. Gerade erzählt er mir, daß sie heute gar nicht spielen.
Komm, geh bitte leise hinten heraus, das merkt er dann nicht. Wir machen es demnächst zusammen".
Küßchen auf die Wange, sie bringt ihn zur Kellertür:
"Ich ruf Dich an!"

Wie ein geprügelter Hund schleppt er sich nach Hause. Im Schritt tut ihm alles weh.

Heute ist nicht sein Tag.

Auch nicht seine Nacht, denn in schweißtreibenden Träumen jagt ein sexueller Exzeß den anderen, am nächsten Morgen ist er knaatschkaputt.

Geradezu wie gerädert erscheint er mit eineinhalb Stunden Verspätung in seiner Dienststelle.

"Ist Dir heute Nacht der Himmel auf den Kopf gefallen?" fragt sein Kollege Oilver Brackenstädt.

Benno erzählt ihm die Geschichte und Bracki hört immer aufmerksamer zu.

"Dieses schöne Einfamilienhaus, ist das vielleicht in der Martin-Luther-Straße?"
Benno nickt.
Hat es eine rote Klinkerfassade mit einem seitlichen Außenkamin?"
Benno nickt.
"Das Negligé etwa in schwarz und mit eingewebten goldene Lurexstreifen?

Benno fährt auf aus seinen Gedanken: "Sag mal, Alter ...!?"

Bracki lächelt verlegen:

"Die Wäsche habe ich vorgestern gewaschen."

HEIMVORTEIL
(Begnadetem Torhüter gelingt einfach alles)

Das schien der bisher schwärzeste Tag im Leben des Fußballtrainers Kurt Müller-Haschebusch zu werden.

Wie hatte man diesem Spiel entgegengefiebert.

Wie optimistisch war man gewesen. Sogar mit der in der Presse ausgewiesenen Favoritenrolle hatte man sich unwidersprochen abgefunden.

Es ist das Entscheidungsspiel zum Aufstieg in die Erste Kreisklasse.
Das Spiel zwischen dem derzeitigen Tabellenführer SV Blauweiß Hörgenau (Lautertal/Vogelsbergkreis) und Rasensport Rudlos, dem direkten Verfolger (Lauterbach/Vogelsbergkreis).
Hörgenau hat einen Punkt Vorsprung, allerdings mit dreizehn mehr geschossenen Toren das absolut bessere Torverhältnis.
Ein Remis reicht also bereits zum Aufstieg.

Müller-Haschebusch kurz vor dem Anpfiff zu einem Zeitungsreporter:
"Wir wissen, daß uns ein Punkt genügt, gleichwohl werden wir, zumal vor eigenem Publikum, die drei Punkte einfahren.

Wir sind stark motiviert."

Ganz nach Plan beginnt auch das Spiel.
Schon nach drei Minuten köpft Richard Wunderlich ein zur 1:0 Führung.
W.C.W. Bergedorf (Einer der Juniorpartner in der namhaften Werbeagentur Bergedorf, Bergedorf und Bergedorf aus Hamburg-Bergedorf) erhöht schon in der 13. Minute mit einem sehenswerten Treffer auf 2 : 0 .

Die nächsten 40 Minuten jedoch kosten Kurt einige Monate seiner Lebenserwartung.
Sechs Gegentore bis zum Halbzeitpfiff !!!

3 x Benno Riepe-Schellenberg, danach 3 x Gero Elferinghausen, jeweils mit echtem Hattric.

Hängende Köpfe in der Kabine, dumpfe Resignation Alle sind nun total demoralisiert, was soll jetzt noch gehen? Müller-Haschebusch schickt zunächst den entnervten Torhüter Karl Kellermann zum Duschen und gibt für die zweite Hälfte dem erst 17jährigen Ersatztorwart Traugott Haltaufderheide seine erste Chance in einem Punktspiel.

Eine absolut richtige Entscheidung

Was wir in der sehr dramatischen zweiten Halbzeit erleben, wird für uns immer Stammtischgespräch, wird Legende bleiben. Unseren Kindern und Enkeln werden wir noch davon erzählen.
Traugott hält in der zweiten Halbzeit dieses Spiels alles. Er hält einfach alles.
Er vereitelt sogenannte Hundertprozentige.

So entdeckt man –ist es Zufall oder Schicksal?- ein Jahrhunderttalent.
Nun entwickelt er heute allerdings auch zehnfache Spielstärke gegenüber den vielen Trainingsspielen.

Doch wo bleiben die Tore?
Was ist vorne los?
Kurt wird immer verzweifelter.
Er kann dabei seinen Männern noch nicht mal einen Vorwurf machen, sie zerreißen sich förmlich, aber der nervliche Druck ist einfach zu stark. Die meisten Aktionen laufen überhastet ab.

Dann jedoch, etwa 20 Minuten vor dem Spielende, die Schlachtenbummler von Rudlos sind bereits freudentrunken und grölen die Genugtuung heraus, reißt der Knoten und der berühmte sprichwörtliche Ruck geht durch das Team.

70. Minute   3 : 6   durch Wunderlich
75. Minute   4 : 6   durch Benz
80. Minute   5 : 6   durch O `Leary, den Exil-Iren
85. Minute   6 : 6   durch Jan van Straten
                       (Früher bei Ajax Breda)

Minuten später schaut ein überglücklicher Müller-Haschebusch auf seine Uhr. Tränen der Erlösung lassen das Zifferblatt tanzen. Er verliert sich in seinen glückseligen Gedanken.

Natürlich war der Aufstieg die Priorität.

Aber noch etwas kam früher als erwartet dazu.

47

Dem Vereinsmäzen, dem Broker Knut Heeremann-Colberg ("Fußball war, ist und bleibt mein Leben!") war vor zwei Tagen ein gesunder Junge geboren worden. Dann kam der Wahnsinnsumtrunk.

Er als Trainer hatte noch gewarnt, kurz vor dem entscheidenden Spiel zu feiern. Als er dann zaghaft die Verschiebung der Festlichkeit hinterfragt hatte, wollte KHC davon aber gar nichts wissen: "Ach was, das machen wir doch mit links. Die Rudloser putzen wir ratzfatz weg. Der Junge muß doch pinkeln! Ich bin elf Jahre verheiratet und sofort hat's geklappt", grinste er, "ihr könnt das doch eurem Förderer und Gönner nicht abschlagen."

Wie sahen sie alle aus an dem Morgen danach. Stolperten auf müden, schweren Beinen durch die Gegend. Kellermann schienen zusätzlich auch noch die Hände gelähmt zu sein. Vor allem die Abwehr, normalerweise hätte es die gegnerischen Tore nicht geben dürfen, aber, na ja, nach dieser Nacht.

KHC war natürlich ganz zerknirscht, hatte es dann aber wohl doch intuitiv wieder gut gemacht, als er zusätzlich DM 5.000,– pro Spieler auslobte, sollte man den Aufstieg doch noch schaffen.

Und jetzt hatten sie es also geschafft. Ist ja noch mal gutgegangen.

"Warum der Schiri nicht endlich abpfeift, möchte ich mal ..."

Ein dreieinhalbtausendfacher Aufschrei reißt Kurt aus seinen Gedanken.

Strafstoß für Rudlos

Fünfminütiges Pfeifkonzert von den Hörgenauern, Klatschen und Jubelrufe bei den Rudlosern.
Was soll's, es war ein einwandfreies Handspiel im Strafraum. Dieser Elfmeter muß ausgeführt werden, es wird zwingend die letzte Aktion des Spiels sein, denn mittlerweile sind wir in der 93. Minute.

Philipp Jägersdörfer, in Rudlos auch bekannt als *Eisenfuß*, läuft an.
Er tritt den Ball unerhört hart in Richtung rechten oberen Torwinkel.
Später weiß niemand genau zu sagen, wie es ablief. Auf jeden Fall hat unsere Jahrhundertentdeckung die Ecke geahnt, hängt in der Luft, ist soeben noch mit den Fingerspitzen dran und streichelt den Ball um den Torpfosten.
Der Schiedsrichter John Emmer-Bush aus Wales, der eine gute Leistung zeigte, pfeift unmittelbar darauf das Spiel ab und fordert mit erhobener Hand den Ball an.

Der SV Blauweiß Hörgenau spielt ab der nächsten Saison in der Ersten Kreisklasse.

Etwa drei Sekunden lang ist auf dem Platz nichts zu hören. Dann allerdings ist der Teufel los, und man kann sagen, daß das Gelände bisher noch nie solch ein Getöse gehört hat. Die unerhörte Lautstärke reißt sogar den Maulwurf Pedro Siebenohr, der in der Nordkurve unter dem Rasen seinen Mittagsschlaf hält, aus einem herrlichen Traum, in dem er gerade ein junges Iltisweibchen begattet.

Die fröhliche Ausgelassenheit, die lärmende und doch wiederum gutmütige Volltrunkenheit vieler Bürger von Hörgenau geht bis in den Morgen zum Sonntag, der auf den Spieltag folgt.

Eine Ausnahmesituation, so etwas ereignet sich nicht sehr oft. Die Dimension dieser spontanen Feier aller Bürger der Gemeinde ist am ehesten durch einen Vergleich zum *Pinkelnlassen* von Sönke-Knut zu vermitteln, denn dieses Fest war gegenüber der heutigen Fete eher ein müder Konfirmandentreff.

Sonntag, 11.00 Uhr – Der Taufgottesdienst in der Dorfkirche *Unsere Liebe Frau*

Alle Spieler, der Trainer, der Mäzen, sowie natürlich die Kindesmutter, sind trotz teilweise erheblicher Probleme mit dem Restalkohol um das Taufbecken herum angetreten, und weiter hinten harren die Dorfbewohner der Dinge, die da kommen.

Keiner will sich diese Zeremonie entgehen lassen.

Pfarrer Kreuzwendedich Cloppenburg war bis vor einem Jahr in der Gemeinde Worpswede tätig.

Da er wegen Fußballvernarrtheit die Amtsgeschäfte arg vernachlässigte, wurde ins Bundesland Hessen strafversetzt.

Er ist unkonzentriert.

Wir verstehen es zum einen natürlich aus seiner Erleichterung über den zu guter Letzt doch noch geschafften Aufstieg, und zum anderen, wenn wir daran denken, daß er nach Traugott der größte Austrinker der letzten Nacht war.

Um 11.13 Uhr gleitet der kleine Sönke-Knut aus den zitternden Händen des Pfarrers.

So wie gestern beim Spiel entscheidende Sekunden im Nachhinein niemand richtig nachvollzog, weiß auch hier niemand mehr zu sagen, wie alles ablief.

Jedenfalls liegt Traugott Haltaufderheide, unser Goldjunge, der Held von Hörgenau, die gestrige Jahrhundertentdeckung, plötzlich am Boden und fängt den Täufling etwa 10 cm über dem harten Kirchenboden sanft und zärtlich ab.

Totenstille. Etwa drei Sekunden ist nichts zu hören. Dann allerdings ist der Teufel los, soweit man diese Formulierung für Sakralbauten vertreten kann. Ein bisher in der Kirche noch nie erreichter Lärmpegel. Dieser reißt die Fledermaus Regina Zangenbein, die im Glockenturm wohnt, aus ihrem Mittagsschlaf und zerstört den schönen Traum, in welchem sie knackigen Hörgenauern eine Menge Blut absaugt.

Das Scheibenklirren im Ostturm geht im Lärm, den Bravo-, Hochrufen und dem Applaus beinah unter. Traugott hat nämlich nach kurzem Anlauf den *Ball* wuchtig abgeschlagen.

Der Schiedsrichter John Emmer-Bush, der schon längst wieder daheim in Wales sein wollte, sich nach wiederholten Bitten zum Mitfeiern überreden ließ, reklamiert den Regelverstoß *Zu viele Schritte*.

Die Kindesmutter liegt ohnmächtig quer über dem Taufbecken

Pfarrer Kreuzwendedich Cloppenburg blickt auf den hölzernen Herrn aus Nazareth und bittet diesen um die sofortige Erfüllung seiner Vornamensbedeutung.

Der ortsansässige Glasermeister Karl Vordemfelde schmunzelt in sich hinein:
"Alte Glasmalerei, sehr, sehr aufwendig, das Ganze wird teuer. Der Auftrag wird mir guttun."

Knut Heeremann-Colberg, der tolle Mäzen und der absolute Kickerfreak, ("Fußball war, ist und bleibt mein Leben!") blickt hoch zu dem zerbrochenen Fenster, durch das der lütte Sven-Knut so schnell und überraschend entschwand.

Dann sagt er gequält lächelnd:
"Wenn er das überlebt hat, wird er später einmal DFB - Präsident."

INSELFRIEDEN
(Sieben bei ihrem letzten Streich)

Als Newcomer mußte ich mir in den Jahren 1979 und 1980 in der Mainzer Clique oft die bizarren Abenteuer der dortigen Jungs anhören und konnte zuletzt dem hämischen Seitenhieb, als das Gespräch verebbte, kaum ausweichen.
"Na, Liebes, das sind wohl Sachen, die Du in Deinem Leben nie..."

"Ach was, papperlapapp !

Habt ihr sie denn gekannt?" fragte ich in die Runde.

"Die glorreichen und glücklichen großen Sieben. Kennt Ihr sie, diese bis heute Sagenumwobenen? Ich kenne sie gut und habe nach wie vor Kontakt zu ihnen."

HARRY BOGEN-BOGENSCHÜTZ, der Spanner

KALLA SOOHNS, de Kölsche Jong

RICARDO SCHMITZ, der Blitz von Biarritz

HANSI STEIN, der Eiserne

COCCOMO, der gelbe Bomber

OLLY OEVELGÖNNE, der Piranha

SIGGI SIEBENTHÜR, der Lautlose

Wie im Film sah ich mich im Dortmund von 1960, in dem nicht ganz so feinen Stadtteil hinter dem Hauptbahnhof, man stolperte förmlich hinein in die "gepflegten Abendrestaurants", wie zum Beispiel: *Bollermann* ◇ *Deutsches Haus* ◇ *Fäßchen, Feuerkugel* ◇ *Nordpol* ◇ *Lessing.*

Damals und später in Mainz wußte ich natürlich noch nicht, daß einige Jahre später *meine* Sieben einmal die ganze Nation in Atem halten würden.

Bei *Lessing,* in der einsturzgefährdeten Ruine war es, in diesem vor Häßlichkeit schon beinah schönen schummrigen Kneipenraum, wo sich der Geruch von schalem Bier und kaltem Rauch unausrottbar in das billige Mobiliar eingefressen hatte.

Sechs Männer, alle etwa um die 30, am Tisch, die mein hilfloses Schauen nach einem freien Platz nachhielten und mich dann leutselig an ihren Tisch winkten.
Ich nahm erfreut an und wollte eine Tischrunde schmeißen, doch es waren schon acht Pils bestellt.
Wir waren acht mit HARRY, der jetzt zu uns stieß.
Mit einer Dame des Liebesdienerinnengewerbes hatte er eine lange geschäftliche Besprechung, die sich weiter hinzog, als er dachte.
Es wurde ein sehr schöner, gleichermaßen feuchter Abend, und wir trafen uns von nun an, so oft es ging.
Turbulente 21 Monate folgten.
Zunächst kam ich aus dem Staunen nicht heraus, fragte mich auch, womit ich das Vertrauen rechtfertigte, das sie in mich gesetzt hatten.

Keiner kannte sie, doch sie zogen überall die Fäden.
Alle reich, beste Verbindungen zu Hochfinanz und Politik, und natürlich zum Milieu
Die Allergrößten für mich
Ihre Stärke lag klar im absoluten Understatement. Innerhalb des gesamten Ruhrgebietes sowie im Raume Köln/Düsseldorf wurden ihre Namen nur ehrfürchtig geflüstert.
Eine solche Fülle von Einfluß und Macht bereits in jungen Jahren ist ganz selten.

Dann zog ich nach Mainz und wir trafen uns nicht mehr so oft, jedoch blieben wir ständig in Kontakt.

Wir alle wissen noch um die Dramatik der Monate von Mai bis Dezember 1995.

Doch wer kennt schon die Hintergründe und wer kennt die Verantwortlichen?

Deshalb werde ich nun mein Schweigen brechen und nicht nur meinen damaligen Mainzer Freunden erzählen, was damals wirklich abging.

Sämtliche SIEBEN sind immer eiserne Junggesellen sowie alle Jahre zusammen geblieben. Alles wie gewohnt erreicht, Einfluß wie auch das Vermögen optimiert. Starke Präsenz in allen Firmenverbänden wie jetzt auch zusätzlich in diversen internationalen Geheimdiensten

Langeweile und Überdruß, es fehlt der von allen ersehnte Kick.

Silvester 1992 scheint dieser sich nun einzustellen. Anläßlich einer Jahresendfeier beschließt unser Septett, ab Mitte Januar des neuen Jahres auf eine noch zu nennende deutsche Nordseeinsel zu ziehen und dort bis Ende 1995 zu leben. Spätestens zu dem Zeitpunkt soll dann auf der Insel nichts mehr ohne ihre Kontrolle ablaufen.

COCCOMO + RICARDO spielen eine Partie Klabrias, der Sieger darf die Insel nennen. Seine Wahl wird von allen ohne Diskussion akzeptiert werden. Die Entscheidung bereits nach 20 Minuten, COCCOMO gewinnt und nennt Amrum.

Alle sind, alkoholbedingt, ganz begeistert.

(COCCOMO erinnerte Amrum, weil Urgroßvater Theo als Kommodore sein Leben lang in Nebel wohnte, kam er denn, selten genug, an Land.)

Am 15. Januar 1993 sind alle auf Amrum.

Drei Tage später gründet RICARDO das Institut für Kriminelle Energie Steenodde, gleichzeitig wird der Fachhochschulstatus beantragt. In konzertierter Tag- und Nachtaktion, jeder bringt seine speziellen Fähigkeiten ein, wird eine umfassende Analyse der Insel erarbeitet. Ein Hochleistungscomputer der namhaften Werbeagentur Bergedorf, Bergedorf und Bergedorf aus Hamburg-Bergedorf. erbringt hierzu gute Dienste

(Dieses Unternehmen ist zu 100% in Händen der Sieben und hält wiederum 51% an Microsoft)

Relevante Eckdaten betreffend Bruttosozialprodukt, Infrastruktur, den Einzelhandel, die Kaufkraft, die Namen der Festlandmillionäre mit Zweitwohnsitz auf der Insel, Gaststätten, Hotels, Pensionen sowie

aller Restaurants, Veranstaltungen, Fahrrad- und Bollerwagenverleihe sowie noch vieles mehr liegen schnell auf dem Tisch.
Vom Computer auf drei Jahre hochgerechnet.

Im März ist KALLA Leitender Koordinator für das hiesige Bank- und Postwesen, seine Verbindungen nach Bonn zahlen sich wieder einmal aus.

HARRY gründet bereits einen Monat später das Waldfreudenhaus *Goldene Eichel* mit erst einmal zwölf Damen, die ausnahmslos aus dem Rhein-Main Gebiet rekrutiert werden. Rasend schnell spricht sich im gesamtdeutschen Milieu herum, daß es sich hier um ein Pilotprojekt handelt. HARRY geht völlig neue Wege. Das Anwesen wird umsäumt von orangefarbenen Leuchten und logisch schlüssig ergibt sich der Werbespruch der Bergedorfer bei den Anzeigenschaltungen:

"Nicht immer hält das rote Licht,
was es dem Wandersmann verspricht."

Am 10. Mai wird OLLY Geschäftsführer wichtiger Kurverwaltungen in Norddorf, Nebel und Wittdün.

Anfang Juli scheint es zwei Wochen lang so, daß das Konzept nicht durchführbar sei. Mit einer ganz erheblichen Energie versucht die UnitedMystery-ScientologyChurch von ihrem Elmshorner Zentrum aus, unsere Sieben zu unterwandern und gegeneinander aufzubringen. Die Aktion scheitert kläglich. Innerhalb der nächsten 4 Wochen hören wir von 13 spektakulären Unglücksfällen mit Todesfolge.

Allen betroffenen Damen und Herren ordnet man eine Verbindung zur UMSC zu.

Anläßlich der wöchentlichen Sitzung im Restaurant *Alter Heinrich* äußert sich COCCOMO, der die Fäden der Abwehr zog, zufrieden: "Dreizehn Unfälle mit 13x letalem Ausgang, eine Quote von 100%. Jungs, das ist der richtige Wind!"

Geradezu symbolhaft erscheint es uns, daß schon am Folgetag die Einweihungsfeier der Universität Steenodde erfolgt. Die Bestallung zum Dekan erhält RICARDO, der als erstes das Institut für Kriminelle Energie in die Uni eingliedert. Am Tag drauf wird ihm per Eilfax die Ehrendoktorwürde von den Universitäten Helgoland und Terschelling verliehen.

Ende des Jahres organisiert SIGGI in großem Stil den Aufkauf aller Nutztiere der Insel.

Sukzessive werden die Halter zur Mitgliedschaft im neuen *Silent-Pool e.G.* angeworben. Schnell spricht sich herum, daß man in Schleswig Traumpreise für Rinder, Schafe, und Federvieh erzielen kann.

Das Tollste daran ist, daß man die Tiere zunächst behält, bei einem Notar muß dann lediglich noch eine Abtretungserklärung unterzeichnet werden.

Anfang 1994 ist es dann wiederum SIGGI, der die Vogelfängergruppe *Glückliches Netz* aus der Taufe hebt.

Deren Ziel ist es, den Vogelbestand bis Mitte 1995 auf NULL zu bringen.

Im Frühsommer tritt HARRY das Amt als Kulturdezernent an.

Das ist um so erstaunlicher, als daß er sich immer noch einer ungebrochenen Popularität als Autor des Bestsellers *Kurgast schröpft Kurverwaltung* erfreut.
Ein finanzieller Ratgeber für Gesundheitstouristen, da stand er offensichtlich auf der anderen Seite.

Zur Jahresmitte gilt das Lichtspielhaus *Strandmöve* als Geheimtip im gesamten Deutschland für die Uraufführungen von Softpornostreifen.

HANSI wiederum treibt ab Anfang August eine neue Initiative (AsA - Amrumer sind Amrumer) mächtig voran und wird bei ihrer Gründung im September natürlich zum Vorstandssprecher gewählt.

Im Dezember folgt darauf der Dachverband, die ARsinA (Am Ruder sind immer nur Amrumer)
Deren Sitz ist das neue UNI-Gebäude, die 7. Etage dient darüber hinaus den SIEBEN als Hauptsitz, auch hier wieder eine schöne Symbolik.
In dieser neuen Organisation geht die AsA völlig auf.

Was hat man nicht alles erreicht?

In einer signifikanten psychologischen Berieselung gelingt es, fast alle Bürger der Insel mit diversen Forderungen bis zu *Volle Souveränität für Amrum* oder bis hin zu *Freistaat Amrum jetzt!* aufzubauen.

Nicht nur in Kiel, auch im fernen Bonn wird man von Tag zu Tag nervöser.
Im Frühjahr 1995 sind bereits 97% aller Amrumer Bürger Mitglied in der ARsinA.

59

Daß die Geschäftsleitung und Öffentlichkeitsarbeit von nur sieben Herren des Vorstandes getragen wird, braucht wohl kaum Erwähnung zu finden. Ebenso müßig erscheint es mir, bei dem geneigten Leser die Namen der SIEBEN zu hinterfragen.

Allerdings haben einige Widerständler, welche die Zielsetzung klar erkennen, ein Freiwilligenkorps von etwa achtzig Männern gebildet. Ein Versuch dieser Aufrechten, im April direkt die Hauptverwaltung zu stürmen, scheitert spektakulär.
Hochsensible Elektronik sowie neueste HighTech-Abwehrwaffensysteme bedeuten den Tod für 13 Angreifer. Der Rest ergibt sich und wird gleich in der neuen JVA Nebel interniert.
Das schnelle Kommuniqué der ARsinA erläutert, daß diese 65 Männer als Kombattanten den Schutz der Genfer Konvention genießen werden.

In Kiel und Bonn hat es inzwischen auch fieberhafte Aktivitäten und Überlegungen gegeben bis hin zur Durchführung eines Luftlandeunternehmens der GSG 9, um *diesem Spuk im Norden* ein Ende zu machen. Doch man einigt sich darauf, daß zunächst Sonderausschüsse und Delegationen über den Stand der Dinge und die Zukunft verhandeln sollen.
Wieder einmal ein Hoch auf die bekannte Schwerfälligkeit der Politik
Gleichzeitig ein Hoch auf die Bürokratie

Am Freitag, 05.05.1995 ist das alles dann sowieso nur noch Schall und Rauch.

An diesem Tage geht bei der Bundesregierung eine Forderung der ARsinA ein, sie möge Amrum für "nur" 77 Millionen DM auslösen.

Die Bundesregierung fordert ihrerseits die ARsinA ultimativ auf, die Insel bis Ultimo Mai bedingungslos zu übergeben.

OLLY, der früher nebenberuflich für das MfS tätig war, übernimmt hier jetzt die Öffentlichkeitsarbeit. Täglich erscheinen Berichte über die Insel in den Medien. Am 29.05. erklärt HANSI in einem Video-Rundinterview, u.a. mit einem Repräsentanten des Max-Planck-Institutes sowie einem Moderator jeweils von ARD und ZDF, Wesen und Wirkung der Wunderwaffe *Endsiegbringer*, deren Vollendung seine Laborleute ihm am Vortage gemeldet hatten. Vor einigen Monaten habe man genmanipulierte Pärchen der Gattung Erinceidae und deren Nachkommen nicht nur zu bislang selbst in Fachkreisen ungeahnten Fortpflanzungsquantitäten bringen können, sondern allen Exemplaren dazu absolute Agressionswut sowie Vernichtungswillen gegen Jedermann mit Ausnahme von 07NoCodierungen, einhergehend mit 100% Schmerzunempfindlichkeit eingegeben.

Kurz, man verfüge am heutigen Tage über mehr als 1.300.000 Igel auf der Insel. Wenn man die alle freilasse, sei in wenigen Stunden von der Insel nicht mehr viel übrig.

Dann kommen einige fachspezifische Details, die zwar den Fernsehzuschauer eher langweilen, die allerdings den Wissenschaftler vom MPI für jeden erkennbar sehr beeindrucken.

HANSI erklärt abschließend, nunmehr betrage die aktuelle Ablösesumme 88 Millionen DM und sei zahlbar bis spätestens zum 30. November.
Man werde sich wieder melden.

Am 27.11.95 findet eine weitere von bisher vielen Krisensitzungen in Bonn statt. Man berät sowohl auf der Hardthöhe als auch im Kabinett, den eilends konsultierten technisch-wissenschaftlichen Stäben rauchen die Köpfe.
Es wird jetzt erwogen, die Insel in einem Nonstop-Bombardement von 72 Stunden vollends dem Meeresboden gleichzumachen. Humanitäre Argumente für die Bevölkerung drohen zu unterliegen.

Jetzt platzt in diese Verhandlungen eine weitere Verlautbarung von OLLY an ARD und ZDF sowie alle Agenturen.

In den Labors der ARsinA ist es KALLA´s Team gelungen, einen Abwehrstrahlengürtel weitläufig und bis 36.000 Meter hoch um die Insel zu legen, welcher nach dem dortigen Ersten Laborleiter die "Heuermann-Neuermann-Strahlung" genannt wird.
Die Bundesregierung möge doch gerne versuchen, beliebig viele unbemannte Flugkörper über die Insel hinwegfliegen zu lassen.

Ungläubiges Lächeln und die lässige Ignoranz der Wehrexperten halten sich nur bis zum Nikolaustag, als 130 im Konfliktfall Tod und Verwüstung bringende Cruise missiles verschiedener Kaliber und Typen in 13 bis 3900 m Höhe bereits kilometerweit vor der Insel wie von Geisterhand explodieren.

Sofortiger Kontakt der Bundesregierung mit der NATO und den USA.
Ein Nuklearschlag wird zu dem Zeitpunkt nicht mehr völlig ausgeschlossen, doch wie soll´s gehen?

Während dieser nun immer hektischer werdenden Gespräche trifft eine Meldung ein, nach der jeder Kontakt zur Nachbarinsel Föhr absolut unmöglich sei. Eine riesige, milchige Glocke befinde sich über der Insel. Alle Behörden hatten darüber zunächst von Funkamateuren, dann von Hobbyfliegern und zuletzt von der Wyker Dampfschiff Reederei viele Meldungen erhalten.
Um 15.15 desselben Tages gibt OLLY eine neue Verlautbarung an ARD/ZDF und die Agenturen.
Die ARsinA zeichnet für die Installation der Glocke über Föhr verantwortlich. Der Sauerstoffvorrat für die Inselbewohner sei ganz exakt berechnet bis zum 31.12.1995-24.00 Uhr. Darüber hinaus habe die Bevölkerung von Föhr vor Erscheinen der Glocke schon Flugblätter mit den Verhaltensmaßregeln vorgefunden, wie z.B. Vermeiden des Betriebes von Verbrennungsmotoren und offener Feuer. Keinesfalls möge die Bevölkerung den inneren Rand der Glocke berühren. Denn alle Gegenstände lösten sich in dem dicken Ring sofort auf.
Ein Darunterdurchtauchen sei ebenfalls gänzlich unmöglich und zugleich lebensgefährlich, da die Einrichtung 13 m tief in das Meer hinunterreiche. Die nunmehr endgültige Auslösesumme für Amrum und natürlich gleichzeitig für die Beseitigung der Glocke über Föhr sei 99,9 Millionen DM, ohne Wenn und Aber zahlbar bis 1. Weihnachtsfeiertag, ansonsten werde *alles zum Teufel gehen.*

Jetzt endlich signalisiert die Bundesregierung ihr Einverständnis.

Am 23.12. wirft eine Maschine der Bundesluftwaffe einen Container mit der geforderten Geldsumme über der UNI ab.
Eine Meisterleistung von COCCOMO´s Team, das nach Funkkontakt mit der Crew den Strahlengürtel für Hin- und Rückflug auf die Sekunde genau öffnete.

Am Silvestermorgen erhält die Bundesregierung ein Fax aus Wellington von den SIEBEN.
Alles sei in diesen Minuten deinstalliert und beide Inseln ab sofort wieder ohne Gefahr begehbar.
Im Nachsatz wird der Bundesminister des Inneren eingeladen, zusammen mit den SIEBEN wahlweise dem diesjährigen Silvestermarathonlauf in Sao Paulo beizuwohnen oder an einem Klabriasturnier im Polizeipräsidium von Caracas teilzunehmen.

Hierauf geht das Bundesinnenministerium nicht ein.

Wir wagen einen Blick in die Zukunft.
Im Juli 2013 meldet der *Wrixumer Inselbote,*
18 Jahre nach ach so schlimmer Zeit absoluter Kurgast- und Urlauberverweigerung hätten Föhr und Amrum immerhin die Gästezahlen von 1993 fast wieder erreicht.

Selbst das bislang doch so schmerzlich vermißte Möwengekreisch sei nun vereinzelt schon wieder zu hören.

LEBENSGEMEINSCHAFT
(Freunde fürs Leben und darüber hinaus)

Als dem Rangierer Philipp Hammerwerk und seiner Ehefrau Karoline am 01.04.1913 in Buxtehude ein gesunder Knabe geboren wird, steht für die beiden sofort fest, daß dieser später mal beruflich mit der Eisenbahn verbunden sein wird, Philipp denkt an *Lokomotivführer.*

Der Junge erhält den Namen Harry.

Am 01.04.1920 wird Harry sieben Jahre alt. Seine Patentante Tinny aus der ländlichen Umgebung von Bad Sülze hat unter anderem eine Rhabarbertorte mitgebracht. Soeben legt sie ihm liebevoll das vierte Stück vor mit der Frage:
"Was willst Du denn später einmal werden, liebes Harrylein?"
Erwartungsvolles Schweigen, kurze Pause bis zur Antwort. Vater Philipp lächelt leicht.
"Nun, ich werde entweder Tiefseetaucher oder aber Reichspräsident."

So verblüffend die Antwort für alle sein mag, Philipp macht sich darüber keine Gedanken. Für ihn steht nach wie vor Lokomotivführer als Berufsziel seines Sohnes fest. Später konnte der Junge es vielleicht sogar - aber über diese süßen Gedanken hatte er zur Zeit nicht einmal mit Karoline gesprochen - bis zum Bahnhofsvorsteher bringen.

Richtig beginnt dann der 14jährige Harry seine Lehre bei der Deutschen Reichsbahn.

Drei Monate nach erfolgreicher Beendigung wird infolge tragischen Unglücksfalles die Position eines Schrankenwärters in Friedrichshafen am Bodensee vakant. Das erfährt Philipp von einem ehemaligen Kollegen, der nach Ulm geheiratet hat und weiter Briefkontakt zu den Buxtehudern hält. Er spricht mit seinem Chef, der zugleich Harrys Vorgesetzter ist, über die Situation.
Man läßt den aufgeweckten Harry ungern ziehen, signalisiert aber gleichzeitig, daß auf der anderen Seite niemand der Karriere im Wege stehen wird.

Abends dann Familienrat; Harry ist begeistert und fasziniert von dieser Möglichkeit.
"Das ist ja tief im Süden, wie soll er dort denn allein zurechtkommen?" fragt die Mutter besorgt.
"Als ich Siebzehn war, bin ich schon durch ganz Österreichungarn gewandert und auch stets gut zurechtgekommen", brummt der Vater und nimmt einen Zug aus seiner Pfeife.
Damit ist es entschieden, und Harry bewirbt sich noch am selben Tag um die Stellung.

Am 01.07.1930 beginnt er richtig seinen Dienst in Friedrichshafen-Nord.

Er bezieht ein kleines Haus, das in der Nähe des Schrankenwärterhäuschens liegt. Er lebt ganz für sich zurückgezogen, fühlt sich allerdings niemals einsam, denn er hat seit seiner frühesten Kindheit zwei Hobbys:

- Jegliche Literatur über Eisenbahnen und

- Die Rhabarberzucht.
  (Wir denken natürlich sofort an Tante Tinny.)

Jahre und Jahrzehnte vergehen.
Im zweiten Weltkrieg ist Harry u.k. gestellt. Er liebt seine Arbeit und hat nicht nur viele Briefe mit den Verfassern verschiedener Fachbücher zum Eisenbahnwesen gewechselt, sondern verbucht zudem Erfolge auf Landwirtschaftlichen Messen und den entsprechenden Ausstellungen.
In Fachkreisen und weit über die Region bekannt sind die Rhabarbersorten *Blaue Virginia* sowie auch *Dear Caroline*. Die letztere hat er seiner Mutter gewidmet, welche in den Siebzigern nur wenige Monate nach seinem Vater verstorben war.
Im Nachhinein tröstet er sich damit, daß er seine Eltern bis zu ihrem Tode zumindest einmal jährlich immer während der Urlaubszeit gesehen hat. Er war dann in Buxtehude, denn andere europäische Länder oder gar Fernziele reizten ihn nicht.

Allerdings kannte er die Abfahrtszeiten der vielen bedeutenden europäischen Fernzüge von fast allen Hauptbahnhöfen großer Städte natürlich seit vielen Jahren auswendig.

Am 01.07.1980 melden Deutsche Bundesbahn, TV und Printmedien eine Sensation.

Harry feiert sein 50. Dienstjubiläum. Das gab es sicher schon einige Male, dieses jedoch ist wirklich ein ganz spezielles.

Nicht nur 50 Jahre treu im Dienst der Bahn, ohne jemals einen einzigen Tag krank gewesen zu sein, sondern dazu auch noch ununterbrochen an ein und derselben Arbeitsstelle.

Das hatte es in Kombination noch niemals gegeben. Folgerichtig erhält er an diesem Tag aus der Hand von Bundesbahnpräsident Vaerst 3 Nettogehälter, eine Goldene Uhr und –für ihn war das die Priorität- das *Dreifache Ährengold auf E-Lokmodell* mit Stern, am Bande, weit zum Halse heraus zu tragen. (Bislang überhaupt erst zweimal vergeben)

Nicht weit vom heutigen Platz der Ehre und Freude, in Singen am Hohentwiel, lebt der kleine Ganove und Langzeitarbeitslose Karl (Kalla) Pliefk, den man in seinen schillernden Kreisen nur den Rhabarberdieb nennt.

Natürlich hat er bereits von Harry als begnadetem Züchter gehört, doch diese Tatsache irgendwie verdrängt. Durch den Medienrummel dieses Tages erinnert er sich allerdings sofort an diese "immer noch unerledigte Angelegenheit". Wie gewohnt sieht er die Sache schicksalhaft vorgegeben und nimmt sich vor, in den nächsten vier Wochen unverhofft dem Garten von Harry nachts einmal einen Besuch abzustatten.

Solider Lebenswandel, Alkohol- und Nikotinverzicht, sowie sein fast tägliches Schwimmen jeweils vor dem Schichtbeginn sicherten Harry eine robuste Gesundheit und einen selten guten, tiefen Schlaf.

Selbst wenn er gewußt hätte, daß Kalla Pliefk nicht nur in der Nähe wohnte, sondern ihn nunmehr auf jeden Fall besuchen wollte, so wäre er wohl kaum beunruhigt gewesen, denn seine Rhabarberzucht war optimal abgesichert:

- akustisch,
  durch eine Sirene, die Vetter Hubert nach dem schweren Luftangriff auf die Kugellagerwerke in Schweinfurt am 14.10.1943 geborgen und ihm geschenkt hatte.

- mechanisch,
  durch ein Fangeisen mit einem integrierten Beinabschneider.
  (Eine Sonderanfertigung des Rüstungskonzerns Hispano-Suiza) und

- optisch,
  durch ein rotierendes Rotlicht,
  (Dies eine unbefristete Leihgabe des dänischen Leuchtturmwärters Jens-Jens Jensen)

Die Segmente dieses Sicherheitspaketes waren miteinander geschaltet und verknüpft.

Am Abend des 14.11.1980 ist Kalla per Autostop bis nach Friedrichshafen gelangt.
Es ist nicht schwer für ihn, das kleine Wohnhaus direkt am Bahndamm ausfindig zu machen. Er hat jedoch für dieses kaum einen Blick. Dafür sieht er sich den dahinter liegenden Garten und vor allem den Rhabarber ganz genau an.

Sein Herz schlägt schneller.

Wie immer vor einer neuen Aktion braucht er auch hier die Vorabbesichtigung als Pulsbeschleuniger.

Qualität und Menge sind so überwältigend, daß er ungewollt aufstöhnt und ganz tief durchatmet.

Dieses wird ja nun mit Abstand sein Meisterstück werden, sagt er sich.

In dieser Nacht hat er zügig "gearbeitet" und etwa 12 kg der besten Sorten geschnitten.

Er wirft sich den mitgebrachten, nun prall gefüllten Sack über die Schulter.

Er setzt den linken Fuß zum Überwinden des Drahtzaunes in eine Masche. Da schlägt das Fangeisen mit blechernem Knirschen in sein rechtes Standbein. Beinah zeitgleich heult die Sirene auf, und das rotierende Rotlicht wirft makabre Lichtzuckungen in die dunkle Nacht.

Harry erwacht und erfaßt direkt die Lage, als er den stöhnenden Kalla erblickt.

Sofort ruft er einen Krankenwagen und die Polizei.

Lange steht er noch spät in dieser Nacht vor den Stümpfen seiner schönsten Exemplare. Zuletzt weicht das dumpfe Rachegefühl der vernünftigen Einsicht.

Sicher, da hat jemand seine Babys, seine Lieblinge ermordet, doch ist das denn nun aber wirklich eine Unterschenkelamputation wert? Und überhaupt, jetzt war einmal etwas passiert, richtig gerechnet hatte er doch nie damit .

Waren all diese Sicherheitsmaßnahmen, vor allen Dingen das Fangeisen, nicht ein bißchen überzogen gewesen? Seufzend geht er langsamen Schrittes ins Haus zurück.

Am nächsten Tag ist er früh in der Universitätsklinik Meersburg am Krankenbett des Verletzten.
Viele weitere Besuche folgen, man trifft sich auch weiterhin, als Kalla entlassen ist. Zum Beispiel hilft Harry ihm kontinuierlich bei seinen Gehübungen mit der gut sitzenden Prothese.
Es entwickelt sich sogar zwischen diesen beiden gegensätzlichen Charakteren eine Freundschaft.
So weit, so gut

Daß Kalla im Frühjahr 1981 allerdings bei Harry einzieht, überrascht uns nun doch.

Der *Rom-Skandinavien-Express* kommt täglich um 13.13 Uhr bei ihnen durch.

Die beiden knobeln mit einem Geldstück, (Wappen oder Zahl - Harry wählt generell das Wappen.) wer die Schranke herunter- und heraufkurbeln muß.
Zur gefälligen Information: Es ist bundesweit der letzte Bahnübergang mit manueller Betätigung.

Der Gewinner kann dann in der gemütlichen Stube bleiben und ungestört fortfahren in seiner Freizeitgestaltung.
Zumeist ist es die Lektüre des Fachbuches
Seltene Rhabarberarten im Tschad, 1313 Seiten, 26 Tiefdruckfarbtafeln, 169 Abbildungen, als Volksausgabe nur 98,– DM.

Der Verfasser ist W.C.W. Bergedorf-Kaulhausen, heute Juniorpartner der namhaften Werbeagentur Bergedorf, Bergedorf und Bergedorf in Hamburg-Bergedorf.

Es enthält außerdem noch ein Vorwort von dem früheren Rosenliebhaber Konrad A. aus B.

Erstes Wochenende Juni

In Überlingen ist die 150-Jahr-Feier der Freiwilligen Feuerwehr.

Harry hat Glück, nach langer Durststrecke kommt mal wieder das Wappen. Er macht sich landfein und geht aufs Fest, während Kalla im Dienst bleibt. (Der Expreß kommt täglich wie das Amen in der Kirche.)

Am selben Abend gegen 23.30 Uhr auf dem Wege zurück zum Bahnbus wird Harry von dem unerhört betrunkenen Motorradfahrer (BAK von 3,99 ‰ !) Ortwin Bolz-Kroog angefahren und ist auf der Stelle tot, wie der Polizeibericht später aussagt.

Tags darauf wirft sich der verzweifelte Kalla ("Warum er und nicht ich? Warum mußte gestern nach so langer Zeit ausgerechnet das verfluchte Wappen kommen?")
vor den 13.13er und ist ebenfalls auf der Stelle tot.

Pflichtbewußt hatte er natürlich vorher noch die Schranke heruntergekurbelt.

Unseren beiden Freunden wollen wir nun wünschen, daß ihnen in der möglicherweise besseren Welt immer genügend Zeit bleibt für die heißgeliebte Fachliteratur "Bahnen Europas" oder "Rhabarber" und sie bei der Lektüre nicht von lästigen Zügen gestört werden.

In Friedrichshafen-Nord jedenfalls ist die Stelle eines Schrankenwärters nach über 50 Jahren erstmals wieder vakant.

Oder wird die Deutsche Bundesbahn endlich den Übergang automatisieren?

NAGELPROBE
(Werbung mit biblischem Hintergrund)

Heute war wieder einmal der Teufel los! Alle wollten sie etwas von ihm. "Ossi, guck mal hier..." und "Herr Wunder, was meinen Sie dazu?" Am liebsten hätte er sich in seine Stammkneipe verzogen, die ganz in der Nähe der Firma lag.

Seit beinah eineinhalb Jahren war Oskar Wunder nun schon Direktor der PR-Abteilung in der Firma Fix-Dübel.
Guter Job, gutes Geld, allerdings regelmäßig mehr als 60, teils über 70 Wochenstunden.

"Herr Wunder, bitte zum Chef" schnarrte die Sprechanlage.
Selbst in der Lautsprecherverzerrung erkannte er sofort ihre Stimme, die Stimme von Chefsekretärin Brigitte Glupke und seine Laune wurde schlagartig besser. Er dachte daran, wie sie es erstmals getan hatten. Wie ablehnend und zögernd sie zunächst war. So wie er war sie verheiratet und mittlerweile das, was er in Gedanken schon mal den doppelten Ehebruch nannte. Stand er jedoch mit den Kumpels zuweilen volltrunken an dem Tresen, formulierte er wesentlich salopper:
"Habe positive Denkanstöße, wenn ich Biggi stoße."

Im Nachhinein war ihm das dann allerdings immer sehr peinlich.

Er ging rüber ins Vorzimmer.

Brigitte hatte das übliche verliebte Lächeln für ihn, das stets ein Versprechen war.
Er hauchte ihr einen Kuß auf die Wange: "Tach, meine Schöne!" und trat bei seinem Vorgesetzten ein.

Dr. Tobias Trutz-Vordemfelde war als Vorstandsmitglied zuständig für den Verkauf.
Ein Oberst a.D., eiskalt, ein Mann ohne Nerven, eine Dampfwalze
Er wies mit der Linken auf den Sessel vor seinem Schreibtisch:
"Ich mache mir Sorgen um die Verkaufszahlen, Herr Wunder. Erhebliche Einbrüche in letzter Zeit.
Woran liegt das denn? Haben die Mitbewerber ein neues Produkt? Hängt unser Sortiment? Haben wir entscheidende Entwicklungen verpennt? Sie wissen doch, daß Feindeinbrüche grundsätzlich sofort abzuschotten sind.
Ich höre."

"Die Konkurrenz fährt seit geraumer Zeit eine recht aufwendige Werbekampagne, die draußen sehr gut ankommt, etwas Lustiges mit Pfiff. Die Verbraucher fahren voll darauf ab."

"Ja, zum Teufel, warum weiß ich das denn nicht? Gerade für solche Fälle sind Sie doch schließlich mein Adjutant. Ist ja unglaublich! Na, das will ich später genauer wissen, in diesem Augenblick gilt, wir ziehen natürlich sofort nach. Alle verfügbaren Etats nach vorne auf die Hauptkampflinie, ich gebe

Ihnen weitere DM 300.000,– DM sofort frei, später noch einmal bis zu DM 500.000,– DM, wenn nötig. Dafür will ich ganz schnell Bahnbrechendes sehen. Ich erwarte eine absolute Umsatzexplosion, mit einem Wort: Erfolg. Sie berichten mir dann laufend persönlich zum Stand der Dinge."

Eine erneute Handbewegung, und Oskar ist fürs erste entlassen.

Es folgen nun seine Verhandlungen mit namhaften Werbeagenturen. Den Zuschlag erhält dann zuletzt Bergedorf, Bergedorf und Bergedorf aus Hamburg-Bergedorf.

18.05.92 - W.C.W. Bergedorf-Kaulhausen, einer der Juniorpartner der Firma, legt seinen Entwurf erstmals vor.
Wir sehen ein dickbauchiges, wuchtiges Schiff, das wir natürlich sofort an den vielen Tierpaaren auf seinem Deck als ganz meisterhaft symbolisierte Arche Noah erkennen.
Darunter der kurze Text:

FIX-Dübel - wasserdicht

Trutz ist begeistert. "Das ist doch der richtige Wind, meine Herren!"
W.C.W. möge auf dem Wege bleiben. Man brauche zwar noch das Plazet von dem Vorstandskollegen Verwaltung, dem Speyerer Dompropst Ezechiel Zwick-Winckelldörffer, aber das sei wohl sicher, vollkommen sicher, reine Formalität, klare Sache.

77

Kurzum, in etwa 14 Tagen sehe man sich bereits wieder, um weitere Layouts und Ideen zu sichten.

Am 01.06.92 legt W.C.W. einen neuen Entwurf vor: Jesus von Nazareth am Kreuz, die Leidensmiene hart und realistisch herausgearbeitet.
Darunter der Text:

> *FIX-Dübel*
> *halten Gott und die Welt zusammen.*

Trutz ist außer sich vor Freude. "Ein absoluter Hit, meine Herren, ein Schlag in die Mitte des Lebens, das fetzt rein. Das schärfste an Kreativität, was ich seit langem sah. Aber, und hier wird seine Stimme leiser, das kriege ich doch bei Zwick-Winckelldörffer in dieser Form niemals durch." Der käme in einigen Tagen aus Rom vom Papstbesuch zurück. Zwick müsse das doch auf jeden Fall noch absegnen, ach Du lieber Gott, das glaube, wer wolle. "Nein, so geht es wohl leider nicht. Mein lieber W.C.W., meine Hochachtung. Riesig, riesig, riesig, aber so geht es nicht. Lassen Sie sich etwas anderes einfallen. Der Weg ist gut, ich persönlich, aber das wissen Sie ja bereits zur Genüge. Schade, das wäre zu schön gewesen, wenn ich alleine, aber na ja, wollen sehen. Bitte bringen Sie etwas Neues. Wir sehen uns alle dann ein letztes Mal in etwa 14 Tagen, dabei lernen Sie auch meinen Kollegen kennen. Wie gesagt, mein lieber W.C.W., lassen Sie sich bitte bis dahin etwas anderes einfallen.

Händedruck, und W.C.W. ist verabschiedet.

Am 15.06.92 legt er –diesmal vor dem gesamten Top-Management- seinen dritten Entwurf vor.

Auf der Anhöhe drei Kreuze, wieder erkennen wir Golgatha. Die düstere Stimmung, welche jeden Richtplatz dieser Erde umgibt, ist ausgezeichnet eingefangen. Sie wird dadurch verstärkt, daß die Hingerichteten an den Kreuzen links und rechts nur schemenhaft angedeutet sind, während das Kreuz in der Mitte jedoch in den Vordergrund geholt und scharf konturiert erscheint.

Es ist ein leeres Kreuz !

Darunter liegt ein Mann, den wir nicht nur an seiner Dornenkrone, sondern auch an der realistisch hart herausgearbeiteten Leidensmiene sofort als Jesus von Nazareth erkennen.
Wir meinen sogar, im Verhältnis zu Layout zwei ist die Leidensmiene noch wesentlich ausgeprägter.

Darunter der Text

> *FIX - Dübel,*
> *und das wäre nicht passiert.*

Totenstille im Saal

Die berühmte Stecknadel

Brigitte Glupke glupscht ungläubig.

Oskar Wunder hält noch instinktiv ein "Phänomenal" zurück.

Dr. Tobias Trutz-Vordemfelde, dieser Mann ohne Nerven, diese sprichwörtliche Dampfwalze, schlägt die Hände vors Gesicht.

Dompropst Ezechiel Zwick-Winckelldörffer in seiner Eigenschaft als Vorstand der Verwaltung/Finanzen, sinkt stöhnend in den Sessel.
Es kündigt sich bei ihm ein Herzinfarkt an.

W.C.W. schaut ratlos in die Runde.

Hat er nun den Auftrag oder nicht ?

NERVENKRAFT
(Engländer aus bestem Hause flippt nie aus)

Unruhig läuft Cedar Mc O´Gonigle auf dem Korridor des Krankenhauses auf und ab.

"Lieber Gott, bitte laß es diesmal ein Junge sein", murmelt er vor sich hin.

Sein Wunsch war verständlich, hatte ihm doch sein geliebtes Weib Cynthia in dreizehn Jahren sieben Mädchen geschenkt.
Nicht, daß er sie nicht alle sehr lieb hatte, eines wie das andere, aber sein Herzenswunsch war eben doch ein Junge. Die Spur mußte erhalten bleiben. Er war doch der letzte vom Stamme der Mc O`Gonigle und wenn es wieder kein Stammhalter würde, dann mußte er eine am Rande zuweilen bedachte Adoption tatsächlich ernsthaft erwägen.

Oder sollten Cyn und er vielleicht dann doch noch einmal...?

Nun waren die Mc O`Gonigles allerdings auch die erste Familie am Platze. Die in Doppelanwendung nicht so häufigen *Mc* und *O´* deuteten sowohl auf schottische als auch auf irische Vorfahren.
Die irische Linie lag zeitlich weiter zurück, denn seit mehr als sechshundert Jahren bereits residierten die Mc O`Gonigles auf Holyghost Castle im schönen schottischen Hochland.

Das Schloß war auch die Geburtsstätte aller seiner Töchter. Daß Cyn nun zum ersten Mal in einer Klinik in Edinborough entbinden wollte, erschien ihm jetzt zusätzlich als ein gutes Omen für die Erfüllung des Wunsches von beiden zu sein.

Er wurde immer nervöser.

In dem Augenblick trat die resolute Oberschwester Alice Mc Intire auf ihn zu.
"Mister O´Gonigle, (Als waschechte Schottin ließ sie bei dieser *Mischmaschfamilie* das *Mc* absichtlich fortfallen.) ich gratuliere Ihnen zu einem gesunden achteinhalb Pfund schweren Knaben."

Nie zuvor in allen Ehejahren hatte Cedar weibliche Wesen außer seiner Frau und der Töchter geküßt.

Für Schwester Alice war das gleichzeitig der erste Kuß von einem verheirateten Mann, seitdem sie erwachsen war.

Der Junge wurde alsbald getauft auf den Namen Cedar Cedar.
Pfarrer Angus Gloss sagte den Eltern später, das sei das absolut lauteste und lebhafteste Taufkind in seiner bisherigen langen Laufbahn als Geistlicher gewesen.

Vater Cedar stolz: "Er kommt ganz auf mich!"
Mutter Cyn sah ihn lächelnd an und dachte: "Für die Mädels mag das stimmen, aber der Kleine ist mir doch wie aus dem Gesicht geschnitten!"

Der letzte lebende Großelternteil, Oma Clarissa (mütterlicherseits) kam drei Monate später von ihrer jährlichen Australienreise zurück, erblickte C.C. zum ersten Mal und ihre spontane Äußerung war:
"Ein intelligentes Kind, der Junge ist meinem seligen Victor wie aus dem Gesicht geschnitten!"

Spätestens jetzt wird uns klar, daß der Kleine von allen maßlos verhätschelt und verwöhnt werden würde, war doch auch noch das gesamte Personal begeistert und glücklich über den so lange schon herbeigesehnten Knaben.

Folgerichtig konnte in den späteren Jahren C.C. machen, was er wollte, immer war diese oder jene schützende Hand über ihm.
Es bedurfte unzähliger Beschwichtigungen, Entschuldigungen, Erklärungen und vor allen Dingen Schadenersatzzahlungen, die Streiche des kleinen Springinsfelds auszubügeln.

Mutter Cyn tröstete sich damit, das alles werde ganz anders, wenn er recht bald unter der täglichen Obhut von Pädagogen stehe. Natürlich gab es keine Diskussion darüber, ob und ggf. welche Schule es sein sollte, von Anfang an kam ausschließlich die private Unterrichtung im Schloß in Betracht.

Kurz vor seinem sechsten Geburtstag engagierte man für C.C. den Privatpädagogen Egenolph Eagle, welcher in Insiderkreisen nur *Schlagetot* genannt wurde.

Ganze siebzehn Monate hielt er es bei dem aufgeweckten Kleinen aus. Auf ihn folgte der energische
und ebenfalls seiner Strenge wegen berühmt und
berüchtigte Gymnasialdirektor und Marineoffizier
a.D. Harvey Peachblossom. Er sagte den Eltern bei
Antritt der Tätigkeit, er sei ganz zuversichtlich, in
maximal sechs Monaten sei C.C. ruhiger als jemals
zuvor, beinah ein kleiner Engel. Jedoch vier Wochen
vor Ablauf dieses versprochenen Erfolgstermins ließ
er sich, um das Gesicht zu wahren, klammheimlich
reaktivieren. Anläßlich eines Umtrunks später in der
Offiziersmesse des Flugzeugträgers Ark Royal hörte
man von ihm, die Marine sei allemal geruhsamer
als dieser stark überdrehte schottisch-irische kleine
Nerventöter.

Weitere Damen und Herren Pädagogen:

- James Woodrich   (14 Monate)

- Robert Pillinghaven   (13 Monate)

- Avril Brogate   (15 Monate)

- Juliana van der Elst   (39 Monate
  "Ob es mal jemand vom Kontinent schafft ?")

- Herbert Kensington-Groove   (8 Monate
  Suicid noch im selben Jahr.)

- Basil Doubleleaf   (20 Monate)

- Irene Heartcorner   (22 Monate)

Dann schließlich kam Eton.

Normalerweise hätte die intellektuelle Bandbreite von C.C. nicht ausgereicht, aber sein Vater stiftete ein Denkmal für den dortigen Kräutergarten und die Angelegenheit war erledigt.

Einige Jahre gingen ins Land.

C.C. studierte.
Er blieb der ewige Student und Müßiggänger, sein Verhaltensmuster jedoch erweiterte er nun um die Segmente *Trinker* und *Schwängerer.*
Alles unter der Prämisse, daß er der einzige Sohn und damit der Erbe des Vermögens war.

Seinem Vater zuliebe war er einmal kurz bei dem Promotionteam Finnegan, Flint & Fitzgerald (Enge gesellschaftsrechtliche Verflechtung mit der namhaften Werbeagentur Bergedorf, Bergedorf und Bergedorf aus Hamburg-Bergedorf, Marktführer deutscher Werbeagenturen) als Volontär tätig.
Nach acht Wochen erklärte er unmißverständlich, daß er sich an den Mechanismus regelmäßiger Arbeit niemals würde gewöhnen können.
Das konnte sein Vater für diese Art von Tätigkeit noch verstehen.
Daß er sich allerdings im Laufe all der Studienjahre nach Durchlauf von verschiedenen Fakultäten den Rechtsanwalt, Apotheker, Förster, Chemiker, Arzt, Informatiker und sogar den Sportlehrer für seinen einzigen Sohn wohl abschminken mußte, tat ihm doch sehr weh.

Der Junge hatte immer "keinen Bock" mehr.

Von Cyn kam leider gar keine Unterstützung, hier hörte er lediglich: "Der Junge wird seinen Weg schon machen, davon bin ich überzeugt."
Eine gewisse Resignation stellte sich ein, zudem kränkelte Cedar mit zunehmendem Alter.

Anfang 1982 bei der jährlichen Festsetzung des Monatswechsels hatte er schon kaum noch die Kraft, aufzubegehren.
C.C. eröffnete ihm, er gedenke, ab sofort zusätzlich zu den vielen sportlichen Aktivitäten Golf zu spielen und benötige folgerichtig 1.800 Pounds statt der bisherigen 1.200 pro Monat.

Nun hielt er ihm gereizt seine bald 36 Lenze und die bislang zwölf begonnenen und alle nicht beendeten Studiengänge vor. Er zählte ihm zudem seine vielen Freizeitattraktionen auf wie z.B. Segelboot und -club, zwei Reitpferde, Polo und –club, zwölf Windhunde, Kricket, Segel- und Motorflugzeug jeweils mit Club.

Da müsse er sich aber wundern, daß C.C. auf das doch recht traditionelle Golfspiel nicht schon früher gekommen sei.
Da wundere er sich ganz außerordentlich.
Schließlich bestätigte er säuerlich den neuen, um die Hälfte erhöhten Monatsscheck.

Vor dem Einschlafen meinte er bitter zu Cyn: "Ich habe seinen Monatswechsel für 1982 um 50% erhöht.
Dein Sohn will zukünftig Golf spielen. Woher hat Dein Sohn das nur alles?"

"Liebling, ich meine, es ist auch Dein Sohn, denke doch mal an den Taufgottesdienst."
Cedar schaute seine Frau verständnislos an.
Gutes Gedächtnis war nie seine Stärke gewesen.

In der Zeit vom 29.08.-04.09.82 finden wir C.C. als Teilnehmer der Golf - Britisch Open. Ein Turnier, das für ihn normalerweise einige Nummern zu groß ist. Ein Turnier eher für Spitzenleute. Wiederum ist es jedoch Vater Cedar, der mit erheblicher Spende für den ausrichtenden Club antritt und somit seinem Sohn die Teilnahme ermöglicht.

C.C. hat Losglück. Er bestreitet sein erstes Spiel gegen den kürzlich 74 gewordenen Ronald Blythe aus Reading und kann diesen knapp ausschalten.

Zwei Tage später wird es ernst, eine wohl schier unlösbare Aufgabe wartet auf ihn. Sein Gegner ist Einar Bleidenstadt-Grothe aus Stockholm. Ein Mann, der zum engsten Favoritenkreis gehört und der auf Platz dreizehn der Weltrangliste steht. Doch dieser Bleidenstadt-Grothe ist heute nicht der, den wir alle kennen. Er spielt wahnsinnig schlecht und ist zudem übernervös. Bei allen Konzentrationsphasen vor den Schlägen sehen es die Kenner gleich an seiner Haltung und denken sich ihren Teil.

Später sickert durch, daß seine Frau Anna ihn seit Jahren mit einem italienischen Pizzabäcker betrügt und zum Zeitpunkt des Spiels bereits mit ihrem Liebhaber auf dem Wege nach Lucca ist.

C.C. hat mit seiner gewaltigen Schlagkraft nun in der Tat noch eine kleine Chance.
Am 17. Loch hat er sogar mit Einar gleichgezogen.
Sein Caddie reicht ihm ein Eisen.
C.C. schnaubt verächtlich und entscheidet sich für ein Holz.
Lange konzentriert er sich.

Dann der Schlag

Riesendrive
Welch ein Hammer
Weit über das Grün hinaus, aber wo ist er denn gelandet?
Keiner weiß es. Der Ball ist verschwunden.
Dreißig Helfer suchen 5 Minuten vergeblich. Dann ein neuer Ball, verbunden mit dem Strafschlag
Das wirft ihn zurück und ist zwangsläufig der Sieg für Bleidenstadt-Grothe.

C.C. ist leider draußen.

Noch Stunden später schwärmt alles im Clubraum von C.C.´s Jahrhundertschlag.

Superintendent Richard Gooseclimb betritt den Raum und fragt sich zu ihm durch.
Die beiden kennen sich bereits.

"Hallo Ritchie, haben Sie wieder mal unangenehme Fragen zu einer Vaterschaftsklage gegen mich?", fragt C.C. ihn gutgelaunt.

Der Beamte geht nicht darauf ein.

"Lassen Sie uns folgendes rekonstruieren:

Sie sind an Loch 17, schlagen den Ball so gewaltig, daß er über den Platz hinausfliegt.
Er schlägt in die Windschutzscheibe eines PKW und legt diese sofort in zigtausend Splitter. Der Fahrer verreißt das Steuer und gerät dadurch auf die Gegenfahrbahn. Ein sich im Einsatz befindender Wagen der Feuerwehr kommt ihm hier entgegen. Dessen Fahrer versucht zwar noch auszuweichen, verliert jedoch bei dem jähen Lenkmanöver sofort die Kontrolle über das KFZ, und es schleudert mit voller Wucht gegen einen Chausseebaum.
Der Fahrer sowie zwei Feuerwehrleute sind auf der Stelle tot, dreizehn Schwerverletzte.

Das dreizehnstöckige Geschäftsgebäude, das diese Leute löschen wollten, ist bis auf die Grundmauern abgebrannt.

Ich frage Sie nun, Mister Mc O´Gonigle, was haben Sie mir dazu zu sagen?"

"Wo ist mein Ball?"

REISEFIEBER
(Auch Tiere hängen an Geld und Gold)

Während der niederländische Flamingo Theodorus Nattermann seine Proviantkrebse zählt, überlegt er, ob er diese beiden sehr langen Flüge denn wirklich antreten soll.

Wie war es überhaupt dazu gekommen?

Ursprünglich hatte er sich doch entschieden, ein Pauschalarrangement mit vier Wochen Ägypten zu zeichnen, das ihm sehr günstig von BergeTours, einer Tochter dieser so namhaften Werbeagentur Bergedorf, Bergedorf und Bergedorf aus Hamburg-Bergedorf, angeboten worden war.
Dann der gestrige Abend, ziemlich betrunken war er wieder gewesen.
Gerade wollte er seinen Club verlassen, als diese sechs arroganten englischen Seemöwen kamen. Lärmten herum und erzählten von ihren Erfolgen, blauen Bändern, Medaillen, Duellen und Pokalen. Schnell gab ein Wort das andere.
Theo hatte sein bisheriges Leben nach der Regel *Von der Lunge auf die Zunge* verbracht, und so war es halt zu der blöden Wette gekommen.
Es lockt bei Erreichen des australischen Festlandes und Rückkehr in den Niederlanden innerhalb von 20 Tagen garantiertes Umsonstfutter für drei Jahre.

Sein Risikoeinsatz ist das nasse Grab.

"Ein Flamingo, ein Wort," murmelt Theo gar wenig begeistert vor sich hin und verstaut sein modisches Reisetäschchen unter dem linken Flügel.

Start Hilversum 12.00 Uhr MEZ am Sonntag, den 30. November 1980 (Sehr ungern, denn er hat sich nie damit anfreunden können, an Sonn- und Feiertagen etwas zu unternehmen.)

Landung in Bathurst bereits am Nikolaustag etwa um 21.30 Uhr (Ortszeit).

Völlig entkräftet fällt er -noch auf dem Flugfeld- in einen tiefen Erschöpfungsschlaf bis zum nächsten Mittag.
Dann fliegt er geruhsam weiter nach Darwin. Dort kauft er mittags an einem Kiosk die obligatorischen Ansichtskarten für die Freunde und Verwandten daheim.
Im Hauptpostamt gibt er das Telegramm an seinen Club als Bestätigung der Erfüllung vom ersten Teil seiner Wette auf. Bei herrlichem Wetter bummelt er durch die Straßen.

In einem Bistro der Fußgängerzone trifft er den einheimischen Emu Clarence Westinghouse.
Dieser erzählt ihm, er sei aus dem Zoo von Perth geflohen. "Ich hatte das Gitter, die blöden Gaffer und vor allem den Wärter satt!"

Theo ist in Gedanken bereits auf seiner Rückreise. Er stellt sich vor, daß er im Zuge des Rückfluges vielleicht kurz Station entweder in Thailand oder auf den Philippinen machen wird.

Die Geschichte von Clarence interessiert ihn zudem nicht sonderlich.

Da lädt dieser zu einem Cognac ein.

Sofort ist Theo hellwach und sagt nicht nein.

"Dein Spezielles", prostet Clarence ihm zu.

"Du mich auch", denkt Theo.

Beim dritten Glas wird Clarence vertraulich, und geheimnisvoll rückt ein er wenig näher heran.

Er schaut sich verstohlen um, ob denn vielleicht unerwünschte Zuhörer in der Nähe sind.

Zur Zeit würde hier in der Stadt ein ganz großer Ornithologenkongreß abgehalten, zu dem morgigen Abschlußtag sei eine traumhafte Tombola geplant unter dem Motto

Von Federvieh zu Federvieh für Federvieh

Der Erste Preis seien 20.000,– australische Pfund, die Auszahlungsart freigestellt.

ZWANZIGTAUSEND, was Theo dazu meine.

"Ja und weiter, was soll damit sein?" fragt Theo.

"Mein kleiner Vetter Kevin aus dem Heim für junge elternlose Vögel zieht doch den Hauptgewinn", grinst Clarence verschlagen.

"Na also, dann bist Du doch fein raus", murmelt unser Langstreckler und signalisiert der gerade vorbeihuschenden Bedienung, sie möge bitte zwei weitere Cognac bringen.

Clarence ist ganz bedrückt. So einfach sei es leider nicht. Er dürfe ja gar nicht teilnehmen, weil Loskauf ausschließlich den ausländischen Gästen während der Kongreßwoche vorbehalten sei.
"Ich bin doch Australier, verstehst Du?
Aber DU könntest teilnehmen!"

"Leider bin ich zur Zeit ziemlich pleite."

"Kein Problem, ich habe einiges gespart und kann mir ein Los leisten, die Höchstabgabe für Einzelne liegt sowieso bei zwei Losen.
Mit Kevin habe ich schon gesprochen, er hat eine ganz tolle Idee:
1000 Losnummern sind insgesamt drin, ein Los kostet 25 Pfund.
Jeweils zweigeteilt und perforiert, beide Hälften sind vom Druckbild her identisch.
Die eine Hälfte geht an den Käufer, die andere geht sofort in die Trommel. Kevin ist sehr geschickt, er kann mühelos unsere Hälfte, die wir ihm geben, bei der Ziehung in der Kralle verbergen und Sekunden später als gezogen präsentieren. Es geht halt nur um den Ausländerstatus, Du hast doch hoffentlich Deinen Reisepaß dabei?"

"Nicht einmal innerhalb Europas reise ich ohne die gültigen Ausweispapiere!"

"Also, was hindert Dich dann noch, Alter?
Machst es natürlich nicht umsonst, ich gebe Dir 20% ab, so schnell kannst Du niemals wieder 4.000,– Pfund verdienen."

Theo zündet sich eine Havanna an und blickt dann träumerisch auf seinen Nachbarn:
Er überlegt nicht mehr lange:
"Ja, in Ordnung, laß uns die Sache durchziehen."

"Toll, ich freue mich, daß Du dabei bist.
Soll ich Dir zu Deiner Absicherung vielleicht einen nominellen Schuldschein, gegebenenfalls auch eine notarielle Vereinbarung...?"

"Ach was", lacht Theo, "mir scheint, Du bist eine ausgesprochen ehrliche Haut."

Am nächsten Vormittag erwirbt Theo das Los Nummer 313.
Nachmittags fällt auf diese Losnummer tatsächlich der Hauptgewinn.
Als die Bekanntgabe erfolgt, atmet Theo tief durch.
Er hatte bis zuletzt nicht so richtig daran geglaubt, daß der Trick klappen würde.

Ein jubelnder und hüpfender Clarence haut Theo voll auf den Flügel:
"Na, Alter, was sagst Du nun? Hat Kevin eine Goldkralle oder nicht? Wie haben wir das gemacht?"

"Gemacht haben wir das gut; und weiter sage ich folgendes: 80% für mich und 20% für dich, sonst lasse ich die ganze Angelegenheit auffliegen."
Clarence starrt ihn sprachlos an, er sieht jedoch sofort an der unbarmherzigen Einkerbung oberhalb von Theos Schnabel, daß das kein Scherz ist.
"Verfluchte Möwenscheiße, Du bist ja ein ganz linker Ganove!" spuckt Clarence.

"Ich habe doch auch Kevin 10% versprochen."
"Dein Pech, dann sind's für Dich halt nur noch 10%, mein Schatz."
"Und wenn ich eine Selbstanzeige mache?"
"Das solltest Du gut überlegen.
Schönes Geld in Freiheit oder viele Monate Knast
Ein Tip allerdings: Kevin ist doch noch ein Kind, wie Du mir sagtest. Hat er nicht vielleicht die 10% mit den 1 %, die Du meintest, verwechselt?"

"Wie kannst Du nur so abgebrüht sein?" murmelt Clarence.

Theo läßt sich 16.000,– in Barrengold und 4.000,– in Banknoten aushändigen. Das Bare gibt er direkt an Clarence weiter. Ihm selbst ist Bargeld suspekt, ein altes Kindheitstrauma. Der Mutter war damals im heimischen Schlammnest das Wirtschaftsgeld zweier Monate verbrannt, und Schecks kamen für ihn nicht infrage, so lange sein Vetter Batavius in Maastricht noch wegen Scheckbetruges einsaß.

"Ich fliege sofort ab. Mach es mal gut, mein Tolles", verabschiedet er sich von einem völlig am Boden zerstörten Clarence, der bis zuletzt an ein "War doch alles nur Spaß, Dicker" glaubt.
Theo dreht sich um und schlendert davon.

Er kann natürlich bei weitem nicht so viel Proviant mitnehmen wie auf dem Hinflug.
Diverse Vitamintabletten als Ersatz, und ansonsten vertraut seiner guten Kondition.

Sehr schnell zeigt sich jedoch, daß lediglich drei Proberunden über dem Platz mit Zuladung nicht ausreichen. Wann war er denn je mit einer solchen Gewichtsbelastung geflogen?

Das Gold wurde ja nicht dadurch leichter, daß es ihm unaufhörlich suggerierte, er habe fürs weitere Leben ausgesorgt und könne über die drei Jahre Futterfreiheit von den sechs *Pißnelken* nur lachen.

Er würde die Wetteinlösung hochmütig lächelnd abweisen. "Vergeßt es, Ihr Guten", würde er sagen, "ich hänge doch nicht am Materiellen. Abenteuer, Herausforderung und Olympischer Gedanke waren für mich wichtig."

Wie ihn das aufbauen würde in seinem Club.

Theodorus der Größte

In diese wunderbare Gedankenwelt hinein meldet sich jäh seine Muskulatur und sie signalisiert, er wird noch etwa 15 Minuten fliegen können.

Er erinnert das aus seiner Jugendzeit, da war es auch einmal ganz knapp geworden.

Zum Glück lag eine kleine Felseninsel an der Route.

Aber hier ist nichts weiter zu sehen als das endlose, leicht wellenbewegte Meer.

Wenn er einen Teil des Goldes abwürfe? Er wußte von Vetter Claude, einem belgischen Ballonfahrer, daß das eine Möglichkeit war. Doch bis zuletzt ist er zu habgierig und zu stolz, sich auch nur von Teilen des schnöden Mammons zu trennen.

Immer kraftloser werden seine Flügelschläge und zuletzt wird er vor Schmerz ohnmächtig. Er schlägt auf die Meeresoberfläche und versinkt, bedingt durch sein enormes Gewicht, sofort auf etwa 80 Meter Tiefe.

Der thailändische Blausägefisch Kum Nok Tan braucht seinen Kurs kaum zu ändern, sondern schnappt nach einer eleganten, leichten Drehung einfach zu.
Elf Tage lang hat er fürchterliche Magenschmerzen.

Theo hätte es sowieso nicht geschafft.

Kum schiebt die Schmerzen auf einen verdorbenen Haferschleim, was ihm dann drei Monate eheliche Funkstille beschert.

Kevin lebt heute als viertklassiger Pokerspieler in Melbourne. Er spielt allerdings nie wieder Lotterie.

Clarence ist seit 1985 Direktor des staatlichen australischen Zahlenlottos und wird demnächst seine attraktive Sekretärin heiraten.

Die Morgenstund, die ja bekanntermaßen Gold im Mund hat, können wir hier nicht um Stellungnahme bitten, da der Absturz von Theo am ganz späten Abend erfolgte.

SCHWANENGESANG
(Provozierter Überflieger reagiert pragmatisch)

Tasso von Laubenthal
Ein schöner Hund

Gleichzeitig auch ein stolzer Hund, der von sich selbst behauptet, er sei der schönste Schäferhund in Nordhessen, zweitschönster von Deutschland und der drittschönste aus Europa.

Tatsächlich weist er einen ganz exzellenten Stammbaum nach.
Die Namen der Vorfahren lassen alle Kenner der Hundezucht andächtig verstummen und sofort in Euphorie verfallen.
Sein Vater ist Winfried von Laubenthal-Nordeck, auch bekannt als *Der Unerbittliche*.
Seine Mutter ist Bettina Ludwigslust-Langhammer, die man nur *Die sanfte Schöne* nennt.

Tasso kommt zu Pommesbudenbesitzer Willy Z. und Ehefrau Isolde aus Bad Sooden-Allendorf. Von Anfang an wird er maßlos verwöhnt und merkt schnell, daß er machen kann, was er will. Alles wird ihm dort verziehen.
Da das lange so geht, verstehen wir nur zu gut, daß Tasso überaus neurotisch wird. Die anderen Hunde am Ort drücken es allerdings weit weniger vornehm aus, für sie ist er

Diese überdrehte Tunte

99

oder sie geben ihm die Charakterisierung

Der hat einen vor der Mütze

bis hin zu der für Deutsche Schäferhunde tödlichen Beleidigung

Affenpinscher

Seit mittlerweile über einem Jahr, genauer gesagt seit 14 Monaten, liegt Tasso regelmäßig einmal pro Woche auf der Couch des Hobbytierpsychologen und Badearztes Curt Cunze. ("Sag doch bitte Cöhrti zu mir!") Die Sitzungen kosten eine Menge Taler, die Willy –in diesem Falle ganz gegen seine sonstigen Gewohnheiten- ohne jedes Feilschen zahlt. Diese helfen zwar nicht, machen andererseits nicht mehr kaputt, als ohnehin schon kaputt ist. Für Cöhrti ist es natürlich, mittelfristig betrachtet, eine sichere Einnahmequelle, wobei er weiß, daß er Tasso von dessen Marotte, seinem Tick, sich immer wieder zu verwandeln und in andere Gestalten zu schlüpfen, sowieso nicht mehr heilen kann.

Über einen Zeitraum von etwa sechs Wochen zum Beispiel erklärt Tasso allen, die es hören wollen, der berühmt berüchtigte Kater Benni Battenberge aus Kassel zu sein, der dort in den Jahren nach dem Zweiten Weltkrieg sein Unwesen trieb, und dem man 1313 Nachkommen in einer Saison nachsagt.

Die anderen Hunde lassen ihn sein, wer oder was er will. Sie bestätigen sogar teilnahmslos jeweilige Neuerscheinungen, wenn Tasso sich vorstellt.

Allerdings kommt es zuweilen natürlich auch zu enorm lustigen Szenen.

Bei der Bekanntgabe, er sei eine Chinchilladame, die gerade den ersten Preis der Landwirtschafts- ausstellung in Oldenburg errungen habe, bekommt er von den Artgenossen spontane Heiratsanträge.

Doch Tasso ist viel zu bekloppt, um überhaupt diese Verarschungen zu erkennen.

Ganz anders die Reaktion der Schildkröte Veronika Butterfeld, die im Nachbargarten wohnt.

Hier kann er gar nicht landen. Sie macht es ihm nicht so leicht wie seine Artgenossen. Im Gegenteil, sie zeigt Flagge und schießt jedes Mal aufs Neue mit fachlich-sachlichen Argumenten gegen ihn. Die sind nicht von schlechten Eltern, denn immerhin ist ihr Menschenvater Arzt in der Pathologie des Kreiskrankenhauses von Bad Hersfeld und sie hört immer gut zu, wenn er den Bekannten oder Gästen etwas erzählt.

Sie verhöhnt Tasso und macht ihn verbal fertig.
Wenn andere Tiere dabei sind, wird regelmäßig in der gesamten Runde herzlich gelacht.

"Die mach ich noch mal kaputt", knurrt Tasso.
"Das Miststück haut mir mein Image in den Eimer."

In die Zeit von Herbst 1991 bis April 1994 fallen seine berühmten *Drei Phasen*.

Zigtausende Hunde sowie viele Kleintiere pilgern in diesen fast zweieinhalb Jahren aus allen Himmelsrichtungen unermüdlich nach Bad Sooden-Allendorf. Wie ein Lauffeuer hat es sich unter den deutschen Vierbeinern herumgesprochen, daß man unbedingt dabei sein muß, wenn Tasso in immer groteskere Metamorphosen verfällt.

Wir wollen nun diese inhaltsreichen Monate einmal näher beleuchten:

November 91 bis März 92 - Nasse Phase:

Von Goldfisch, Frosch, von Lachs über Hammerhai bis zuletzt sogar hin zum Blauwal reichen in dieser Zeit seine Verwandlungen.

Als er im kalten Januar 92 (als Flußaal) die Werra bis Eschwege durchschwimmt, um den Rekord des Otters Zeus Zehnpfennig aus Witzenhausen zu unterbieten, schafft er das zum einen natürlich nicht und holt sich noch eine saftige Lungenentzündung obendrein.

Deshalb muß er sogar zweimal bei Cöhrti, sehr zu dessen Leidwesen, aussetzen.

März 92 bis Juli 92 - Großkatzentick:

Unvergessen und absolute Legende seine Auftritte als Puma und Säbelzahntiger.

Im Juni gerät er als Leopard versehentlich in die Musiker des Kurkonzertes. Er kommt so realistisch rüber, daß Dirigent sowie Flötist einen Herzinfarkt erleiden und vier bzw. sechs Wochen stationär behandelt werden müssen.

Der Haftpflichtversicherer von Willy Z. sieht keine Eintrittspflicht mit der Begründung: Ein Leopard ist der Schadensverursacher, wir haben jedoch die *Tierhalterhaftpflicht aus dem Halten eines Hundes* als Risiko abgedeckt.

Auch der Haftpflichtversicherer vom Veranstalter BergeConzert (Eine hundertprozentige Tochter der namhaften Werbeagentur Bergedorf, Bergedorf und Bergedorf aus Hamburg-Bergedorf) lehnt ab mit Hinweis auf I §4 II 3. der AHB:

Besonders gefahrdrohende Umstände wurden vom Versicherungsnehmer nicht beseitigt. (!?!)

Tasso bewirbt sich kurz nach dem Vorfall bei einem Zirkus in Eisleben als Eisbär.

Die Bewerbung wird abschlägig beschieden.

Natürlich sieht er diese Ablehnung als überzeugter Christdemokrat ideologisch und unterstellt, daß da immer noch *Diese Roten Socken* das Sagen haben. Hier allerdings überzieht er gewaltig, denn die Stelle ist zur Zeit ganz einfach nicht vakant.

Juli 92 bis April 94 - Schönheitsfimmel:

Eine jetzt doch sehr bedenkliche Erweiterung seiner Bewußtseinsspaltung. Beginnt er die Phase noch relativ harmlos mit "Ich bin ein Goldfasan" oder "Schaut Euch doch hier einmal den schönsten Schmetterling Mitteleuropas an!" oder "Seht hier den Sieger der großen Gala-Pekinesen-Schau von Hannover!", so dreht er kurz darauf endgültig durch. Erst driftet er ab ins Pflanzenreich.

(Iris, Aloe, Schwarze Rose, Orchidee, Birke oder Pinie bis hin zur Libanonzeder)

Danach mit einer jetzt doch beinah tragikomischen Tabuverletzung in den menschlichen Bereich
Hier kommt seine frankophile Grundhaltung zum Tragen.
Über Louis XIV., Toulouse Lautrec, Jean Gabin, Alain Delon und Sartre spannt sich der Bogen, ein kurzer Rutsch in die Neue Welt (Rock Hudson und Walt Disney), dann doch wieder zurück in Frankreich (Charles de Gaulle und Mitterand)

Der bemerkenswerte und gleichzeitig auch einzige Behandlungserfolg durch Cöhrti ist gewiß lediglich als Teilerfolg zu werten. Cöhrti macht ihm ebenso eindringlich wie energisch klar, daß er zwischen den Menschen nichts zu suchen hat, und so finden wir Tasso ab Mitte April 94 wieder im Tierreich vor.

Er begegnet unverhofft seiner Intimfeindin Veronika, die genüßlich an einem Salatblatt nuckelt. Sie hatte in den vergangenen Monaten den Rummel um ihn nicht nur nicht mitgemacht, sondern gezielt das Gerücht gestreut, sein baldiger Abtransport in eine niedersächsische Klapsmühle stehe bevor.

Mit großen Luftsprüngen, jeweils alle viere weit von sich stellend, segelt er auf sie zu:
"Der Schwan, der weiße Schwan, hier kommt Ledas schönster Schwan!"

"Warum denn nicht Flamingo, Kranich und Pelikan zusammen?" schnappt Veronika.

"Sieh nur das herrliche Gefieder von diesem wunderschönen weißen Schwan!"

"Erzähl das doch alles am nächsten Wochenende Deinem Freund Cöhrti. Für mich bleibst Du der bekloppteste Schäferhund, der hier frei herumläuft", widmet sich Veronika wieder ihrem Salatblatt.

Nicht einmal der Hobbytierpsychologe Curt Cunze ("Bitte sag doch Cöhrti zu mir.") kann uns eine Erklärung für das geben, was wenige Sekunden später geschieht.

Abrupt, für Veronika vollkommen unvermutet, und ohne jedes Vorspiel dringt er in sie ein.

Eine Überzwerchsituation sondergleichen.
Sein Haß auf Veronika kumuliert mit der besten Form seines bisherigen Sexuallebens.
Er bügelt, pimpert und stößt wie nie zuvor.
Die Augen sind blutunterlaufen.
Er röchelt.
So geil war er noch nie.
Hohe Zeit des Knallens, oh Du göttliches Vögeln
Spontane Stellungswechsel sowie dazu gewagte Oraltechniken, das Beste vom Feinsten
Vom Edelsten das Sahnehäubchen
Alles wie aus dem Lehrbuch

Nach sage und schreibe 13 Minuten, einer für die Spezies Canidae kaum glaublichen Kopulationsszeit, verströmt er sich.

Post coitum omne anima triste.

Auch hier und heute

Träge zieht er sich zurück und trottet sofort dem heimischen Freßnapf entgegen.

Veronika ist nach dem Erlebten wie gelähmt.

Sie seufzt kläglich:
"Mein lieber Schwan!"

SEEMANNSLOS

(Das kann doch einen Piraten nicht erschüttern)

Als ich Harry Belafonte Anfang der Fünfziger zum ersten Male traf, war er noch nicht so berühmt wie heute, aber doch immerhin schon bekannt in der Szene.

Es war in Havanna in einem Straßencafé, und ich fragte ihn nach dem Weg zur Botschaft der USA. Er aber sagte: "Nimm doch Platz, mein Junge, ich bin heute gut drauf und möchte Dir gerne einen Drink ausgeben."

Ich setzte mich, und er empfahl mir einen speziellen Rum, den er als sein persönliches Lieblingsgetränk bezeichnete, ausgesprochen bekömmlich und dazu ungewöhnlich mild. Er bat dann die Bedienung um ein neues Glas und füllte es mir aus einer Flasche, die vor ihm auf dem Tisch stand.
Ich schluckte den Rum langsam in einem Zug weg. Danach konnte ich etwa eine Minute nicht atmen und spürte ein mörderisches Brennen in mir.
Harry beobachtete mich und lächelte leicht: "Den hat auch Ernest Hemingway immer getrunken. Von dem Göttertrunk bekomme ich einmal jährlich im Dezember eine Kiste mit leckeren 12 Flaschen von einer deutschen Werbeagentur mit dem lustigen Namen Bergedorf, Bergedorf und Bergedorf aus Hamburg-Bergedorf als Weihnachtspräsent, damit ich immer fröhlich bin und ihnen auch später noch treu bleibe, wenn ich einmal weltberühmt bin.

Ist doch nett von den Hamburger Jungs, oder?"

Ich nickte, denn von dieser Firma hatte ich bereits viel Gutes gehört.

Wir plauderten bis spät abends, vornehmlich über Musik. Mit jedem Glas schmeckte mir der Rum besser. Das mit der Bekömmlichkeit stimmte wohl tatsächlich. Zum Abschied, nachdem wir unsere Visitenkarten ausgetauscht und uns gegenseitig versprochen hatten, in Verbindung zu bleiben, gab er mir noch eindringlich mit auf den Weg, ich möge immer daran denken, daß er in zwei bis drei Jahren in der ganzen Welt bekannt sein werde.

Ich sagte, davon sei ich absolut überzeugt und ging ins nahegelegene Hotel.
Die Botschaft mußte bis morgen warten.
Im Bett fiel mir ein, daß ich allerdings den Weg dorthin nun immer noch nicht wußte.

Viele Monate später sahen wir uns wieder, diesmal in Kingstontown im Café *Furchtloser Steuermann*.
Harry hatte eine volle Flasche des Spezialgetränkes vor sich stehen ("Ich habe noch zwei im Koffer.") und textete ein sehr rührseliges Lied, worin er hier am Ort sein Mädel allein lassen muß, weil Pflicht und Schiff ihn gleichermaßen rufen.
Das später weltbekannte *Jamaica farewell*

Er bot dem Wirt ein Glas Rum an, das der gerne annahm und langsam mit Kennermine austrank. Erstaunlich seine Wertung:

Er kenne ja nun wirklich beinah alles, er sei dreimal chemisch gereinigt.

Er sei einer von nur dreizehn Seeleuten auf der Welt, die den Klabautermann bewiesenermaßen leibhaftig gesehen hätten.

Er sei im Herbst 1939 im Hafen von Montevideo auf dem damaligen deutschen Panzerschiff Admiral Graf Spee von einem Nervenzusammenbruch in den anderen getrudelt. Dieses Getränk jedoch -er nahm die Flasche andächtig in seine rechte Hand- übertreffe alles bisher dagewesene.

Kurz und gut, er sei begeistert.

Ob davon vielleicht einige Flaschen zufällig feil seien.

Harry bedauerte und erklärte ihm die Bedeutung von Werbegeschenken kleinerer Mengen lediglich zum Eigenverbrauch.

Der Wirt nahm es gefaßt zur Kenntnis.

Harry und ich wurden stets bessere Freunde. Fast regelmäßig trafen wir uns jährlich im *Furchtlosen*. Mit diesem guten "Jahrtausendrum" war ich also immer gut versorgt, manchmal schenkte er mir sogar eine ganze Flasche zusätzlich.

Im Dezember 1980 saßen wir wieder in unserem Lieblingscafé.

Wir waren älter und auch gelassener geworden.

Seine vor vielen Jahren vorausgesagte weltweite Berühmtheit war sehr schnell eingetreten.

Die Verbindung zu den Bergedorfern hatte Harry für Europa aufrechterhalten, mittlerweile war von denen das Kontingent zu Weihnachten verdreifacht worden, also immer Rum satt.

Da setzt sich ein Seemann unaufgefordert auf den letzten freien Stuhl an unserem Tisch und stellt sich vor:
"Jan van Zevenhagen, Den Helder in Holland, Pirat!" Dabei bollert er laut mit seinem linken Holzbein.

Ein Blick zwischen Harry und mir bedeutet Einverständnis mit seiner Anwesenheit.
"Was ist mit Deinem Bein", frage ich, "Unglücksfall oder Untergang?"
"Das erste", grinst er, " ich bin beim Entern eines Zweimastschoners unglücklich mit diesem Bein zwischen beide Bordwände geraten.
Jan geht doch niemals unter!"

Harry schenkt ihm einen doppelten Rum ein, den er schnell und gekonnt austrinkt.
Er verzieht keine Miene. Allerdings bollert jetzt das Holzbein ein wenig lauter.
Harry und ich sind verblüfft.

November 1981 sitzen wir wieder im *Furchtlosen*.
Erneut, welch ein Zufall, segelt Jan herein und setzt sich zu uns.
Er fängt an, sich vorzustellen, bricht aber dann schnell ab, als er uns erkennt.
"Was für eine Freude, Kumpels", lacht er.
Er bollert mit seinem linken Holzbein und fegt gleichzeitig mit seinem stählernem Greifhaken als rechte Ersatzhand den Ascher vom Tisch.

"Was ist denn mit Deiner Hand, Unglücksfall oder Untergang?" fragt Harry.

"Das erste", grinst er, "ich kam beim Entern eines Dreimastschoners ganz unglücklich mit diesem Arm zwischen beide Bordwände.
Jan geht doch niemals unter!"

Harry schenkt ihm einen dreistöckigen Rum ein, den er schnell und gekonnt austrinkt.
Er verzieht keine Miene. Allerdings bollert das Holzbein ein wenig lauter als sonst, und der Greifhaken fegt unaufhörlich über den Tisch.
Harry und ich sind verblüfft.

Dezember 1982, das nächste Zusammentreffen von Harry und mir, wieder in unserem Lieblingscafé.
Diesmal erkennt der gerade hereinkommende Jan uns sofort:
"Hallo Kumpels, das gibt's ja gar nicht, ihr schon wieder.
Was für eine Freude, ich werde knaatschverrückt."
Er lacht und lacht.
Sein stahlblaues rechtes Auge glitzert förmlich vor Freude.
Das linke können wir jedoch nicht sehen, da es durch eine Augenklappe verdeckt wird.

Ich will gerade fragen, was mit seinem Auge sei, als Harry sich schon an Jan wendet:
"Laß mich raten.
Ein Viermastschoner mit einer tapfer kämpfenden Besatzung? Verirrte Kugel? Viel zu viele Gegner? Im Kampf Mann gegen Mann ausgestochen?"

Jan druckst herum, er högt sich.
Er läßt sich Zeit.

111

Dann ganz langsam: "Tja, Kumpels, eine dumme Sache. Ausgesprochen dumm, ihr werdet es kaum glauben."
Wieder Pause
Er brütet vor sich hin.

Dann bricht es förmlich aus ihm heraus:
"Nur für Euch! Das weiß sonst niemand! Tut mir die einzige Liebe und haltet die Schnauze gegenüber jedermann."

Wir versprechen es ihm.

Dann erfahren wir, was passiert ist.

"Ich hatte zwei Tage Landurlaub und lernte eine süße kleine Insulanerin kennen. Gutes Abendessen, ordentlicher Umtrunk, danach Spaziergang über die Promenade. Ich will mit ihr rüber zum kühlen, nahen Olivenhain, wo wir ungestört sind.
Alles läßt sich gut an, ein wunderschöner Abend."

Plötzlich sagt sie: "Oh Jan, lieber Jan, schau Dir doch mal die herrlichen Sterne an. Als wenn der liebe Gott sie extra für uns angezündet hat."

Er grinst gequält in schmerzlicher Erinnerung:
"Nun habe ich, wie Ihr Euch wohl denken könnt, mit dem lieben Gott ja nicht allzuviel am Hut."
Aber natürlich lege ich doch unwillkürlich den Kopf in den Nacken, um mir diesen tollen Sternenhimmel anzusehen.
Just in dem Moment scheißt über mir eine Möwe und ich bekomme den ganzen Dreck ins linke Auge.

Geistesgegenwärtig habe ich das ätzende Zeug natürlich sofort herausgewischt.

Leider mit der falschen Hand."

Für Sekunden sind wir alle drei stumm.

Harry klopft Jan verständnisvoll auf die Schulter und schiebt ihm mit dem anderen Arm (Er hat ja zum Glück noch beide Arme.) dabei die immerhin noch halbvolle Flasche hinüber.

Dieser greift zu und trinkt sie, ohne auch nur einmal abzusetzen, mit großen Schlucken aus.

Er verzieht keine Miene.

Allerdings bollert das Holzbein recht laut und der Greifhaken rudert wild durch die Luft.
Harry und ich sind verblüfft.

Jan rülpst verhalten.
Sein Lächeln, mit dem er Harry und mich bedenkt, hat etwas Dankbares, Rührendes und zugleich auch Trotziges .
Sein stahlblaues rechtes Auge ist groß, klar und hellwach.

Niemals zuvor habe ich bei einem Menschen ein so großes Auge gesehen.

ZÜCHTERSTOLZ
(Pflichtbewußter Paradiesvogel dreht durch)

Am Allerheiligentag 1979 bin ich in regelmäßiger jährlicher Gewohnheit wieder auf dem Stuttgarter Waldfriedhof, um –das vergesse ich nie- ein Licht auf das Grab des Altbundespräsidenten Theodor Heuss zu setzen.
Danach komme ich mit einem ganz lieben alten Herrn in ein Gespräch.

Er heißt Sighardt von Wernigerode-Sommer und ist Prof. der Ornithologie (emeritiert) aus Tübingen.

Später trinken wir beim Haxenwirt oben in der Weinbergstraße einige Schoppen. Nach sechs Glas ist er rumpelzu und kommt ganz mächtig in Fahrt.

Ich hätte ja unwahrscheinliches Glück.
Ja tatsächlich, da könne ich froh sein, soviel Glück zu haben. Ob ich überhaupt wisse, was für ein Glück ich habe?
Wie? Was? Nein? Das wolle er wohl glauben.
Da sei ich sicher wahnsinnig gespannt, oder?

"Erzähl mal genauer, Siggi, was meinst Du denn überhaupt?" (Etwa in der Mitte unseres Umtrunks hatte er mir das DU angeboten.)

"Jawoll, will ich Dir gerne erklären."

Dann erzählt er mir eine ganz und gar unglaubliche Geschichte:

Vor etwa fünfundzwanzig Jahren schon habe er den brasilianischen Graupapageien José da Costa mit der Sylter Brieftaube Erna Dünenblick gekreuzt.
Ein ganz neuer Vogel sei daraus entstanden, den er *Wüll* genannt habe. Bei diesen Worten zieht er sehr umständlich aus der Innentasche seiner Jacke ein Foto, das ich mir gespannt anschaue.

Ein Vogel, wie ich ihn noch nie gesehen habe. Farbe perlmutt bis violett, rubinrot hervorquellende Augen Ein gedrungener Körper von fast der Größe eines Truthahns und ein proportional dazu eher kurzer und dünner Schwanz

Siggi brabbelt immer weiter vor sich hin, während ich auf das Foto starre und an ganz fiese Tricks heruntergewirtschafteter, halbseidener früherer Starfotografen denke.

Der Taubencharakter sei doch wesentlich stärker ausgeprägt, das sehe ich wohl selbst. Er habe das aber ausdrücklich so gewollt. Postbeförderung bis zu 13 Kg Zuladung sei jederzeit möglich. Dann aber ein entsprechender Geschwindigkeitsverlust, das sei wohl logisch, oder?

Ich nicke mechanisch.

Der absolute Vorteil liege nun darin, daß das Tier unterwegs immer nach dem richtigen Weg fragen kann, falls es sich einmal verflogen hat.

Ob ich mir denn überhaupt eine Vorstellung davon machen könne, wie gut, ja schlechterdings perfekt besonders viele der brasilianischen Graupapageien sprechen können?

Bis zu drei weitere Sprachen, außer natürlich der Heimatsprache Portugiesisch, das sei beileibe keine Seltenheit.

Hier bricht Siggi ab und grübelt vor sich hin.

Nach etwa einer Minute dann:

"Allerdings ein ganz, ganz eigenwilliges Tier. Schon fast arrogant zu nennen. Dazu immer die ewigen Sonderwünsche bei der Nahrungsaufnahme. Jeden Tag gestoßene Hirse, immer gerührt oder passiert, stets mit süßer Sahne.

Kefir, Honig und Trockenmilch abends

Weiter immer neueste Multivitaminpräparate

Deutscher Weinbrand, den ich selbst seit Jahren trinke, ist völlig indiskutabel. Es darf nur Cognac sein, hier wiederum absolute Spitzenmarken. Alles in allem eigenwillig, teurer Spaß zudem

Auf der anderen Seite bin ich wahnsinnig stolz auf den Vogel, das kannst Du mir doch ganz gewiß nachfühlen?"

"Natürlich, Siggi! Wie heißt er denn?"

"Er ist kein *Er*, sondern sie ist eine *Sie* und heißt Cilly!"

"Na, jetzt bin ich ja umfassend informiert.
Wenn Du mir zum Schluß noch erklärst, was mit meinem Glück ist, sind wir heute ein ganz schönes Stück weitergekommen."

Er schlägt sich die Hand leicht an den Kopf:
"Ja natürlich, Dein Glück
Das Wichtigste hätte ich bald vergessen. Also paß mal auf:
"Jedes Jahr bekommt der erste, den ich an Toddys Grab treffe, eine Exklusivzustellung von Cilly in der Bundesrepublik Deutschland, wahlweise auch in West-Berlin. Limitiert ist diese Leistung allerdings immer nur bis zum 31. Oktober des Folgejahres."

"Wer ist Toddy?", frage ich.

Daraufhin erzählt er, daß Theodor Heuss sein lang-jähriger Freund war. Vor vielen Jahren während des gemeinsamen Studiums habe dieser mal zu ihm gesagt , statt Sighardt und Theodor möge man sich doch ganz einfach Siggi und Toddy nennen.
Er schaut versonnen zu mir herüber.

Plötzlich ruckt sein Kopf auf mich zu und er schreit lachend:
"Du Glückspilz !
DU bist es doch in diesem Jahr !
DU warst doch dieses Mal der Erste !"

"Ach Du meine Güte, das ist ja ein tolles Ding", ent-fährt es mir.

Einige Tage später in Tübingen lerne ich Cilly dann tatsächlich "persönlich" kennen.
"Das ist Michael Grandy aus Mainz", stellt Siggi mich vor.

"Hällooh Maik", krächzt Cilly.

Ich plumpse in den nächstbesten Sessel und starre das Goldstück fassungslos an.

Cilly grinst diabolisch.
Siggi lächelt stolz.

Natürlich bleibe ich von da an in engem Kontakt zu Siggi und seiner Schöpfung.
"Alle meine Jahresgewinner sind mittlerweile gute Freunde von mir", erklärt er einmal und übergibt mir mit diesen Worten einen schönen Bildband von W.C.W. Bergedorf-Kaulhausen, Juniorpartner der namhaften Werbeagentur Bergedorf, Bergedorf und Bergedorf in Hamburg-Bergedorf.
Eine bibliophile Kostbarkeit:

Seltene Papageienarten der Antarktis, 1313 Seiten, mit 26 Tiefdruckfarbtafeln und 169 Abbildungen, Volksausgabe nur 98,– DM, mit einem Vorwort der bekannten Geierwally.

Dann erzählt er von der bevorstehenden Goldenen Hochzeit seines alten Kumpels und Studienkollegen Andre Kostolany (Mit dem Börsenpapst allerdings weder verwandt noch verschwägert), schwärmt selig in Erinnerung an die gemeinsame Göttinger und Marburger Zeit. Da müsse auf jeden Fall etwas passieren, er selbst könne allerdings wegen der zunehmenden Gicht beim besten Willen nicht...

Ich ahne Schlimmes.

"Du willst doch nicht etwa Cilly schicken?
Nach Budapest? In den Ostblock?

Ja bist Du denn jetzt ganz und gar verrückt, Siggi?
Dann laß mich das lieber für Dich übernehmen."

"Halb so schlimm", winkt er ab. Sie kenne nach dem
mit ihr neulich erst abgehaltenen Crashkurs den
Unterschied zwischen den deutschen, ungarischen
und österreichischen Münzen sowie Banknoten
ganz genau. Er gebe ihr vorsichtshalber alle drei
Währungen mit. Es gehe doch hier schließlich um
die große Geste, um das Ganze.
Schlechterdings um das Absolute
Cilly müsse, werde das Präsent überreichen. Das
sei doch immer beider Jugendtraum gewesen, mal
solch ein Tier zu züchten. Sie hätten ja auch damals
gemeinsam begonnen, aber irgendwie sei es dann
so gelaufen, daß nur er noch den Weg konsequent
weiter beschritten und verfolgt habe. Der Kontakt
zu Andre sei aber doch niemals abgerissen und
dieser habe sich auch so sehr für Siggi gefreut, als
es den krönenden Abschluß zu feiern galt. Andre
habe Cilly doch noch nie gesehen außer natürlich
auf Fotos. Man habe immer nur gefachsimpelt und
diskutiert. Das gehe alles schon in Ordnung.
Ich möge mir mal keinen Kopf machen.
Alles sei paletti, toto bene.

"Siggi, es ist Deine Sache, und ich habe kein Recht,
Dir hineinzureden. Ich hoffe nur, daß wirklich alles
gut verläuft."

Cilly liefert tatsächlich ganz pünktlich eine Geburts-
tags- und Hochzeitstorte aus, denn Ehefrau Vera
wird gerade am Hochzeitstag 75 Jahre alt.

Dann meldet sie sich, wie vorher mit Siggi verein-
bart, telefonisch vom Balaton, bittet dort allerdings
ganz spontan um zwei weitere Tage Sonderurlaub.

Siggi sagt zu.
("Ich habe sie doch ihr ganzes Leben lang immer an
der langen Leine gelassen!")

An dem von beiden verabredeten Rückreisetag ruft
der Polizeihauptmann Imre Fekete bei Siggi an.

Cilly hat in Balatonlelle einen Tankwart, der gerade
die Abrechnung macht, mit einer 7.65er bedroht
und die Tageskasse verlangt. ("Gib sofort die Kohle
raus, mein Guter!")
György Kurtak, ein Lehrling im KFZ-Handwerk, der
leicht links versetzt hinter ihr steht, schlägt direkt
mit einem Wagenheber zu.

Cilly ist auf der Stelle tot.

Was nun geschehen solle, fragt Fekete.

Man einigt sich schnell.

Die Volksrepublik Ungarn verzichtet auf eine Straf-
anzeige wegen versuchten schweren Raubes, und
dafür übernimmt Siggi die Überführungskosten.

"Hätte ich ihr doch einige Taler mehr mitgegeben
statt meiner Adresse unterm linken Flügel", stöhnt
Siggi und vergräbt seinen Kopf in den Händen.

Mein Freund überlebt seine erstaunliche Schöpfung lediglich um vier Tage.

Er stirbt ganz offensichtlich an dem "gebrochenen Herzen", denn organisch war er absolut fit.

Der Leiter des Tübinger Friedhof- und Gartenamtes, Johannes Müller-Michaelis, bestätigt mir, daß beide eingeäschert werden.

Ich denke daran, daß die zwei individuellen Partner in ihrem gemeinsamen Leben so lange Zeit ein Herz und eine Seele waren.

Deshalb wähle ich für beide zusammen auch ganz bewußt nur eine einzige Urne.

Sie wird unter dem Zypressenhain plaziert.

Friede ihrer Asche